D0769928

Compañera de boda

MAYA BANKS

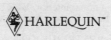
HARLEQUIN™

Editado por HARLEQUIN IBÉRICA, S.A.
Núñez de Balboa, 56
28001 Madrid

I.S.B.N.: 978-84-671-9624-5
Depósito legal: B-2503-2011
Editor responsable: Luis Pugni
Preimpresión y fotomecánica: M.T. Color & Diseño, S.L.
C/ Colquide, 6 portal 2 - 3º H. 28230 Las Rozas (Madrid)
Impresión en Black print CPI (Barcelona)
Fecha impresion para Argentina: 12.9.11
Distribuidor exclusivo para España: LOGISTA
Distribuidor para México: CODIPLYRSA
Distribuidores para Argentina: interior, BERTRAN, S.A.C. Vélez
Sársfield, 1950. Cap. Fed./ Buenos Aires y Gran Buenos Aires,
VACCARO SÁNCHEZ y Cía, S.A.
Distribuidor para Chile: DISTRIBUIDORA ALFA, S.A.

Capítulo Uno

Los buitres estaban al acecho.

Celia Taylor observaba el atestado salón de baile. La recaudación de fondos debería ser una ocasión para relajarse y disfrutar, pero los negocios estaban en la mente de todos los allí presentes.

Al otro lado de la sala, Evan Reese destacaba con su imponente presencia entre un numeroso grupo de personas. Parecía sentirse en su elemento, como lo demostraba la arrebatadora sonrisa que lo hacía aún más atractivo.

Ser tan apuesto debería ser un delito. Alto, fuerte y curtido, era la clase de hombre al que le sentaría como un guante la ropa deportiva que la empresa de Evan diseñaba y vendía. Un aura de seguridad y poder lo rodeaba, y a Celia no había nada que más le gustase que un hombre seguro de sí mismo.

Las prolongadas miradas que se habían lanzado mutuamente durante las últimas semanas hacían imposible no fantasear con lo que podría ocurrir entre ellos…

Si él no fuese un cliente potencial al que Celia deseaba ganar a toda costa.

Su jefe y la empresa confiaban en ella para conseguirlo, pero Celia tenía muy claro que jamás se acostaría con un hombre por interés.

Apartó la mirada de Evan Reese antes de quedarse embobada. Llevaban simulando un baile muy delicado el uno alrededor del otro desde que Evan rescindiera el contrato con su última agencia de publicidad. Él sabía que ella lo deseaba... en el sentido profesional de la palabra, naturalmente. Quizá también supiera que le gustaría tenerlo desnudo en su cama, pero Celia no iba a dejarse llevar por sus fantasías. Al menos no en aquel momento ni lugar.

La cuestión era que cada que vez que una gran empresa como Reese Enterprises despedía a sus publicistas, se abría la veda y todas las demás agencias se lanzaban como una jauría de perros hambrientos. Era una competición despiadada en la que Celia debería estar participando, pero algo le decía que Evan Reese se divertía con aquella clase de atenciones.

–Me alegro de que hayas podido venir, Celia. ¿Has hablado ya con Reese?

Celia se volvió hacia su jefe, Brock Maddox. No tenía ninguna copa en la mano y no parecía encontrarse muy satisfecho de estar allí.

–¿Tú con esmoquin? –le preguntó ella, arqueando una ceja–. Vaya, Brock... ¿Cómo consigues mantener a las mujeres a raya?

Él respondió con un gruñido y una mueca de disgusto.

–Déjate de bromas, Celia. He traído a Elle conmigo.

Celia miró por encima del hombro de Brock y vio a su bonita ayudante a unos pocos metros. Elle también la miró y Celia la saludó con una sonrisa.

–Estás muy guapa –le gesticuló con los labios.

Elle le devolvió la sonrisa y agachó tímidamente la cabeza, pero no antes de que Celia pudiera ver el rubor de sus mejillas.

Brock hizo un gesto impaciente hacia Evan.

–¿Qué haces aquí parada si Evan Reese está allí? –recorrió la sala con la mirada y su expresión se endureció visiblemente–. Debería haber imaginado que ese viejo sinvergüenza estaría aquí…

Celia siguió la dirección de su mirada y vio a Athos Koteas siendo el centro de atención a escasa distancia de Evan. Jamás lo admitiría en voz alta delante de Brock, pero la ponía muy nerviosa ver al dueño de Golden Gate Promotions intentando acaparar a Evan Reese. Koteas no sólo le había robado unos cuantos clientes a Maddox Communications, sino que había emprendido una feroz campaña de difamación contra la empresa. Celia no se sorprendía en absoluto por el juego sucio de su rival. Todos sabían que Koteas era un hombre despiadado que haría cualquier cosa por conseguir su objetivo.

–Es normal –murmuró Celia–. Sus publicistas están intentando ganarse a Evan.

–¿Hay alguna razón por la que tú no estés haciendo lo mismo?

Ella le puso una mano en el brazo. Sabía lo importante que era para Brock y para la empresa ganar a un cliente como Evan Reese.

–Tienes que confiar en mí, Brock. Conozco bien a Evan. Sabe que estoy interesada y será él quien acabe buscándome. Estoy completamente segura.

–¿En serio? No olvides que Maddox Communications es una empresa pequeña y que no podemos permitirnos seguir perdiendo clientes. Un contrato con Evan Reese garantizaría que todo nuestro personal conservaría su empleo.

—Ya sé que estoy pidiendo mucho —dijo Celia en voz baja—. Pero no puedo acercarme a él e intentar seducirlo —señaló a las mujeres que rodeaban a Evan. Ninguna ocultaba hasta dónde estaría dispuesta a llegar con tal de firmar el ansiado contrato—. Es lo que él espera, y tú sabes mejor que nadie que no puedo hacerlo. Quiero conseguir este contrato gracias a mi inteligencia y no por mi cuerpo, Brock. Me he pasado días y noches preparando la estrategia, y sé que puedo conseguirlo.

Brock la miró con un brillo de respeto en los ojos. A Celia le encantaba trabajar para él. Era un hombre muy duro y exigente, y también la única persona a la que ella le había contado lo que realmente pasó en su último trabajo como publicitaria en Nueva York.

—No espero otra cosa de ti, Celia —le dijo con voz amable—. Espero no haberte dado una impresión equivocada.

—Tranquilo. Agradezco tu confianza más de lo que imaginas. Te prometo que no voy a defraudarte. Ni a ti ni a Maddox Communications.

Brock se pasó una mano por el pelo y volvió a mirar a su alrededor con ojos cansados. Era cierto que trabajaba muy duro y que la empresa lo era todo para él, pero en los últimos meses habían aparecido más arrugas en su rostro. Celia quería ofrecerle el contrato con Evan Reese para agradecerle su ayuda y confianza. Brock había creído en ella cuando todo el mundo le había dado la espalda.

—No mires ahora, pero Evan viene hacia acá.

¿Por qué no te llevas a Elle a bailar o a tomar una copa?

Brock se dio la vuelta rápidamente y desapareció entre los invitados.

Celia tomó un sorbo de vino y adoptó una actitud despreocupada mientras sentía aproximarse a Evan. Era imposible no advertir su presencia. El cuerpo de Celia experimentaba una considerable subida de temperatura cada vez que Evan estaba cerca de ella.

—Celia —la saludó él.

Ella se volvió con una sonrisa de bienvenida.

—Hola, Evan. ¿Te lo estás pasando bien?

—Ya sabes que no.

Ella arqueó una ceja y lo miró por encima de la copa.

—¿Lo sé?

Evan se giró para agarrar una copa de la bandeja que portaba un camarero y volvió a centrar toda su atención en ella. Su mirada era tan intensa y penetrante que parecía estar desnudándola delante de toda aquella gente. Sus bonitos ojos la devoraban implacablemente, traspasando el sencillo vestido de noche que Celia había elegido y haciendo que la sangre le hirviera en las venas.

—Dime una cosa, Celia. ¿Por qué no estás intentando convencerme de que tu agencia de publicidad es lo que mi empresa necesita para llegar a la cima, igual que están haciendo el resto de pirañas hambrientas?

Celia le ofreció una sonrisa.

—¿Tal vez porque ya estás en la cima?

—¿Te gusta jugar con las palabras?

La sonrisa de Celia desapareció al instante. Lo último que quería hacer era intentar seducirlo.

Desvió brevemente la mirada hacia los demás publicistas, quienes no les quitaban la vista de encima a ella y a Evan.

—No estoy tan desesperada, Evan. Sé que soy buena en lo que hago y que no hay unas ideas mejores que las mías para tu campaña publicitaria. ¿Eso me convierte en una arrogante? Puede ser. Pero no necesito venderte un montón de tonterías. Lo único que necesito es tiempo para demostrarte lo que Maddox Communications puede hacer por ti.

—Lo que tú puedes hacer por mí, Celia —corrigió él.

Celia abrió los ojos como platos ante la descarada insinuación, pero Evan se apresuró a aclararla.

—Si la idea es tuya y es tan brillante como dices, no estaría confiando en Maddox Communications, sino en ti.

Ella frunció el ceño y aferró con fuerza la copa de vino. De repente sentía que estaba en desventaja, y confió en que Evan no advirtiera sus nervios.

—No ha sido una proposición, Celia —la tranquilizó él, obviamente percatándose de su incomodidad—. Si lo fuera, te aseguro que te darías cuenta de la diferencia…

Levantó una mano y le trazó una línea con el dedo por la piel desnuda del brazo. Celia fue incapaz de sofocar un escalofrío y de impedir que se le pusiera la carne de gallina.

—Quería decir que si finalmente firmase un contrato con Maddox Communications, no querría que me dejaras en manos de algún publicista novato. Insistiría en que fueras tú quien supervisara la campaña a todos los niveles.

–¿Y piensas firmar un contrato con Maddox Communications? –le preguntó ella con voz ronca.

Los verdes ojos de Evan brillaron de regocijo. Bebió un poco de vino y volvió a mirar fijamente a Celia.

–Sólo si tu propuesta me parece la mejor de todas. Golden Gate Promotions tiene buenas ideas, y las estoy estudiando.

–Eso es porque aún no has visto las mías.

Evan volvió a sonreír.

–Me gusta la seguridad que demuestras… Nada de falsa modestia. Estoy impaciente por ver lo que has pensado, Celia Taylor. Tengo el presentimiento de que vuelcas en tu trabajo toda esa pasión que arde en tus ojos. Brock Maddox tiene mucha suerte al contar con una empleada como tú. Me pregunto si es consciente de ello…

–¿Pasamos a la siguiente fase? –le preguntó ella en tono ligero–. Tengo que admitir que me ha gustado verte rodeado de pirañas, como tú las llamas.

Él dejo la copa en una mesa cercana.

–Baila conmigo y hablaremos de las citas pertinentes.

Celia entornó los ojos, pero él arqueó una ceja en una expresión desafiante.

–También he bailado con otras mujeres de Golden Gate Promotions, San Francisco Media…

–Está bien, está bien –lo interrumpió ella–. Ya lo entiendo. Estás seleccionando a la mejor pareja de baile.

Él soltó una carcajada tan sonora que atrajo la atención de varias personas, y Celia tuvo que reprimirse para no salir huyendo. Odiaba ser el centro de las miradas, algo con lo que Evan no parecía tener el menor problema. Qué estupendo debía de ser no tener que preocuparse por las opiniones ajenas. Gozar de una reputación intacta y no haber sido la injusta víctima de venganzas absurdas. Pero los hombres rara vez sufrían casos como el suyo. Era siempre la mujer la que soportaba la difamación y la crítica.

Al no poder escabullirse discretamente de la fiesta, dejó la copa en la mesa y permitió que Evan la llevara a la pista de baile.

Por suerte, él no la estrechó ni la apretó contra su cuerpo. Cualquiera que los mirase no podría encontrar la menor falta de decoro. No parecían amantes, pero Celia sabía que ambos lo estaban pensando. Podía ver el deseo en los ojos de Evan, igual que él podía verlo en los suyos.

No estaba acostumbrada a ocultar sus emociones, tal vez porque había sido la única chica en una casa llena de hombres en la que siempre la habían tratado como a una joya delicada y preciosa.

Todo sería más fácil si pudiera disimular lo que sentía por aquel hombre. Así no tendría que preguntarse si Evan le estaba dando una oportunidad porque pensaba que ella se la merecía o si sólo pensaba en acostarse con ella...

–Relájate –le murmuró él muy cerca del oído–. Piensas demasiado.

Ella se obligó a hacerle caso e intentó seguir el ritmo de la música. Era difícil, pues estaba bailando con un hombre cuya sola imagen bastaba para dejarla sin aliento.

–¿Qué te parece la semana que viene? El viernes estoy libre.

Celia volvió bruscamente a la realidad, y por unos instantes no supo de qué le estaba hablando.

«¿Y ella se consideraba una profesional?»

–Estaba pensando que podríamos tener una reunión informal en la que me expusieras tus ideas. Si me interesa, podríamos resolver el asunto en tu misma oficina. Así nos ahorraríamos mucho tiempo y molestias en caso de que no me seduzcan tus ideas.

–Claro. El viernes me viene fenomenal…

La música acabó, pero él no la soltó y la sostuvo un poco más. Sin embargo, Celia estaba tan aturdida por la intensidad de su mirada que no pudo formular ninguna excusa.

–Mi secretaria te llamará con la hora y el sitio.

Le agarró la mano y se la llevó a los labios. El cálido roce de su boca en el dorso le desató una descarga de placer por la columna.

–Hasta el viernes.

Celia se quedó sin palabras, viendo cómo Evan se alejaba. Fue inmediatamente engullido por una jauría de ávidos publicistas, pero entonces se giró hacia ella, se sostuvieron mutuamente la mirada y los labios de Reese se curvaron en una media sonrisa.

Lo sabía. Sabía que ella lo deseaba. Habría que ser idiota para no darse cuenta, y Evan Reese era de todo menos idiota. Era un hombre listo, ambicioso y con fama de ser implacable. El cliente perfecto.

Celia se dirigió hacia la salida. Había acabado allí y no tenía ningún motivo para quedarse. No tenía el menor interés en escuchar los rumores que hubiera suscitado el baile con Evan.

Pasó junto a Brock y Elle. Su jefe no dijo nada, pero arqueó una ceja interrogativamente. Sin duda la había visto bailar con Evan, a quien seguramente llevaba observando toda la noche. Era una lástima que sólo tuviera ojos para su futuro cliente, porque Elle estaba realmente preciosa con su vestido negro.

—El viernes —le dijo Celia en voz baja— tendremos una cita informal para que le cuente mis ideas. Si le gustan, concertaremos otra cita en la empresa.

Brock asintió con un brillo de satisfacción en los ojos.

—Buen trabajo, Celia.

Ella sonrió y siguió andando hacia la puerta. Tenía mucho que hacer hasta el viernes.

Evan Reese se aflojó la corbata al entrar en la suite del hotel. Arrojó la chaqueta sobre una silla y dejó los zapatos y los calcetines en el dormitorio. Miró fugazmente el ordenador portátil que lo esperaba en la mesa, pero por una vez no le apetecía trabajar. Estaba demasiado nervioso pensando en Celia Taylor.

La hermosa, seductora y distante Celia Taylor.

Su cuerpo había reaccionado en cuanto la vio aparecer en el salón de baile, y seguía en tensión mucho después de haberla perdido de vista. Aún le parecía estar sintiendo su piel bajo los dedos y oliendo su exquisita fragancia. Se había atrevido a tocarla, pero quería hacer mucho más que eso. Quería saciar todos sus sentidos con ella, colmarse con su cuerpo, oír sus gemidos de placer. Quería deslizar la mano entre sus hermosas piernas, separarle los muslos y pasarse toda la noche haciéndole el amor. Con una mujer como Celia no se podía ir deprisa. Había que conocerla palmo a palmo y descubrir sus zonas más erógenas.

La fijación que tenía con ella era del todo inexplicable. Él no vivía como un monje, ni mucho menos. Tenía todo el sexo que pudiera desear y nunca le faltaban amantes; sin embargo, algo le decía que con Celia sería una experiencia incomparable. La clase de experiencia por la que un hombre estaría dispuesto a vender su alma.

Era una mujer arrebatadoramente hermosa. Alta, aunque no demasiado, con una larga melena rojiza que solía llevar descuidadamente recogida. Evan deseaba arrancarle aquella maldita horquilla y ver cómo se derramaban sus sedosos cabellos por la espalda. O mejor aún, sobre él mismo mientras hacían el amor.

Maldijo en voz baja ante la reacción que aquella imagen provocó en su cuerpo. De nada le serviría una ducha helada. Ya se había dado demasiadas durante las últimas semanas y no había forma de apagar su deseo.

Tal vez lo más fascinante de Celia fueran sus ojos. A veces parecían de color azul, pero en realidad eran verdes. Muy verdes y muy brillantes.

Una parte de él se preguntaba por qué una mujer tan atractiva no había intentado seducirlo para conseguir un contrato de publicidad. En la fiesta de aquella noche había recibido dos proposiciones, y aunque a él no le hubiera importado aceptarlas, era con Celia con quien quería acostarse. Pero ella, en vez de abordarlo, había esperado a que fuera él quien se acercara. Una jugada muy astuta, pues él había acabado haciéndolo.

El pitido de su BlackBerry lo sacó de sus fantasías y lo devolvió bruscamente al presente. Se miró con enojo el bulto de la entrepierna y sacó el móvil del bolsillo.

Era su madre. Evan no estaba de humor para hablar con nadie de su familia, pero quería mucho a su madre y no podía ignorarla. De modo que suspiró con resignación y aceptó la llamada.

–Hola, mamá.

–¡Evan! Cuánto me alegro de dar contigo… Últimamente estás muy ocupado.

El tono de preocupación y reproche era inconfundible.

–Los negocios no se dirigen solos –le recordó él.

Su madre emitió un resoplido de exasperación.

–Eres igual que tu padre.

Evan puso una mueca de desagrado. No era la clase de cosas que más le apeteciera oír.

–Te llamo para asegurarme de que no has olvidado lo de este fin de semana. Para Mitchell es muy importante que estés allí.

Siempre que se hablaba de su hermano su madre parecía particularmente inquieta.

–¿Cómo puedes pensar que voy a ir a su boda? –preguntó en tono suave. Lo único que le importaba a Mitchell era que Evan estuviese presente para ver su triunfo.

Su madre volvió a hacer un ruido de desaprobación.

–Ya sé que no es fácil para ti, pero ¿no crees que deberías perdonarlo? Es evidente que él y Bettina están hechos el uno para el otro. Sería muy bonito que la familia volviera a reunirse al completo.

–¿Que no es fácil, dices? No es fácil ni difícil, mamá. Me da igual que estén juntos o que vayan a casarse. Simplemente, no tengo tiempo ni ganas de asistir a la boda.

–¿Y no podrías hacerlo por mí? –le suplicó ella–. Por favor, Evan. Sólo quiero ver a mis hijos bajo el mismo techo, aunque sólo sea por una vez.

Evan se sentó en la cama y se rascó la nariz. Si lo hubiera llamado su padre, no habría tenido el menor problema en negarse. Y si lo hubiera llamado el propio Mitchell, hubiera pensado que era una broma. Su hermano no lo llamaba para nada desde que Evan los mandó al infierno a él y a su novia.

Pero era su madre quien lo había llamado. La pobre siempre había estado en medio del conflicto que Evan mantenía con su padre y con Mitchell.

–Está bien, mamá. Iré. Pero llevaré a alguien conmigo, si no te importa.

–¡Evan! –exclamó su madre, y Evan se la imaginó sonriendo de oreja a oreja–. ¡No me habías dicho que estuvieras saliendo con alguien! Claro que puedes traerla… Estaré deseando conocerla.

–¿Puedes enviarle los detalles a mi secretaria para que se ocupe de todo?

Su madre suspiró.

–¿Por qué no me extraña que no tengas el e–mail?

Porque Evan lo había tirado inmediatamente a

la basura, aunque no se le ocurriría decírselo a su madre.

–Mándaselo a Vickie. Te veré el viernes… Te quiero –añadió al cabo de una breve pausa.

–Y yo a ti, hijo mío. Me alegro mucho de que vengas.

Evan acabó la llamada y se quedó mirando el móvil. El viernes… Maldición. Era el día que había quedado con Celia.

Lo había planeado todo meticulosamente, entre otras cosas para no parecer excesivamente ansioso. Había jugado con las miradas a distancia, y en consecuencia se había pasado bastante rato bajo la ducha helada. Era increíble que no le hubiese dado hipotermia.

Y ahora, después de tantos planes y sufrimiento, iba a tener que cancelarlo todo porque su madre estaba empeñada en que viera a la mujer con la que tendría que haberse casado él en vez de su hermano menor.

Tenía que encontrar una acompañante. A ser posible una mujer que convenciera a su madre de que él ya había superado lo de Bettina. En realidad, lo había superado desde que ella lo dejó por su hermano, cuando Mitchell ocupó el puesto de director general en la empresa de joyería de su familia.

Bettina prefería el glamour y el lujo de las joyas que la imagen atlética y sudorosa de la empresa de Evan. Si se hubiera molestado en indagar un poco, habría visto que los ingresos de Evan eran muchísimo más cuantiosos que los de la joyería de su padre. Y sólo le habían hecho falta unos cuantos años para conseguirlo.

Su madre tal vez no lo creyera, pero Evan le estaba agradecido a su hermano por ser un estúpido egoísta. Mitchell sólo quería a Bettina porque antes había sido de Evan. Gracias a esos celos enfermizos, Evan había escapado por los pelos del mayor error de su vida.

Pero eso no significaba que le apeteciera ver a su padre y a su hermano. Por desgracia había accedido a ello, y ahora necesitaba urgentemente una pareja.

Sacudió la cabeza y empezó a examinar la lista de direcciones en su BlackBerry. Había limitado las opciones a tres mujeres cuando la solución lo asaltó de repente.

Era una idea brillante, y él había sido un idiota por no haberlo pensado antes. La solución perfecta a sus problemas. A todos sus problemas…

Una sonrisa de satisfacción curvó sus labios. Tal vez la boda de su hermano no fuera tan horrible, después de todo…

Capítulo Dos

Al llegar a casa de su padre, Celia vio con alivio que el Mercedes de Noah estaba aparcado junto al *pick–up* de su padre. Dejó su BMW negro al otro lado de la camioneta y sonrió al ver los dos coches de lujo flanqueando el viejo y destartalado vehículo que formaba parte de la historia familiar.

Salió del coche y oyó el rugido de otro motor acercándose. Era Dalton, y Celia se llevó una gran sorpresa al ver a Adam en el asiento del pasajero.

–¡Adam! –exclamó, y echó a correr hacia él.

Él sonrió y la tomó en sus brazos para levantarla en el aire, igual que llevaba haciendo desde que Celia tenía cinco años.

–¿Por qué a mí nunca me saludas de esa manera? –protestó Dalton.

–Cuánto me alegro de verte –susurró ella con vehemencia.

Los grandes brazos de su hermano la apretaron en un abrazo que la dejó sin aire. Adam siempre daba unos abrazos de oso.

–Yo también me alegro de verte, Cece. Te he echado de menos. Hacía mucho que no venías a casa…

Ella volvió a poner los pies en el suelo y apartó brevemente la mirada.

–Eh, nada de angustiarse por el pasado –la reprendió Adam, poniéndole la mano en la barbilla para que volviera a mirarlo—. De lo contrario, tus hermanos irán a Nueva York en el próximo vuelo a partirle la cara a tu jefe anterior.

—Hola, hola —exclamó Dalton, agitando una mano entre ellos—. Os recuerdo que yo también estoy.

Celia miró fijamente a Adam y le dedicó una sonrisa de agradecimiento. Sus hermanos podían tener defectos, como ser excesivamente protectores y pensar que el único papel de Celia en la vida era estar siempre bonita y dejar que ellos la ayudaran en todo. Pero, benditos fueran, su lealtad era inquebrantable y Celia los adoraba por ello.

Finalmente se volvió hacia Dalton.

—A ti te vi hace dos semanas, mientras que a Adam hace un siglo que no lo veo —volvió la vista hacia Adam—. Y me pregunto por qué…

Él puso una mueca arrepentida.

—Lo siento. En esta época del año estoy muy ocupado.

Ella asintió. Adam tenía una próspera empresa de diseño paisajístico, y en primavera se le acumulaba el trabajo. Rara vez se dejaba ver hasta otoño, cuando el negocio empezaba a decrecer.

Dalton rodeó los hombros de Celia con un brazo y le dio un cariñoso beso en la mejilla.

—Veo que el señor Béisbol también está aquí… Supongo que habrá un descanso antes del comienzo de la temporada.

—¿Vais a ir al partido inaugural? —les preguntó Celia.

—No me lo perdería por nada del mundo —respondió Adam.

–En ese caso, tengo que pediros un favor.

Los dos hermanos la miraron con curiosidad.

–Voy a traer a un cliente, y me gustaría mantener mi relación con Noah en secreto.

Se preparó para recibir más preguntas, pero, extrañamente, no le hicieron ninguna, de modo que ella tampoco ofreció más información al respecto.

–Muy bien. No hay problema –dijo Adam.

–¿Vais a quedaros ahí fuera todo el día o pensáis entrar a comer? –la voz de su padre rugió desde el porche y todos se volvieron rápidamente hacia él. Estaba apoyado en el marco de la puerta y su impaciencia era evidente.

–Será mejor que entremos antes de que empiece a proferir amenazas –propuso Celia con una sonrisa.

Adam le revolvió el pelo y la agarró por el cuello en una llave de lucha libre para arrastrarla hacia la puerta. Al llegar al porche, Celia se zafó, riendo, y abrazó a su padre, quien la apretó entre sus brazos y le dio un beso en la cabeza.

–¿Dónde está Noah? –preguntó ella.

–Donde siempre. Viendo el béisbol.

Celia dejó a su padre y a sus hermanos y entró en la casa donde se había criado. En el salón se encontró a Noah despatarrado en la butaca, con el mando a distancia en la mano, viendo resúmenes de partidos de béisbol.

–Hola –lo saludó.

Él levantó la mirada y se levantó con una amplia sonrisa y los brazos abiertos. Celia se apretó contra él y le palpó dramáticamente las costillas.

–¿No te dan bien de comer en los entrenamientos?

Noah se echó a reír.

—Sabes que lo único que hago es comer...

Ella miró hacia la puerta para asegurarse de que estaban solos y bajó la voz.

—¿Vas a quedarte después de comer o tienes que ir a algún sitio?

—Hoy no. ¿Por qué lo preguntas?

—Tengo que hablar contigo de algo importante. Es un favor que quiero pedirte, y prefiero no hacerlo delante de todos.

Su hermano frunció el ceño.

—¿Va todo bien, Cece? ¿Te has metido en problemas? ¿Tengo que matar a alguien?

Celia hizo girar los ojos.

—Eres demasiado valioso para ir a la cárcel... Pero no, no estoy metida en ningún problema, en serio. Sólo quiero comentarte algo que podría ser muy beneficioso para ambos.

—Muy bien, si quieres mantener el misterio, supongo que puedo esperar a que me lo cuentes. ¿Quieres que hablemos en tu casa? Te invitaría a la mía, pero la asistenta se marchó la semana pasada y está un poco... desordenada. Tienes comida, ¿verdad?

Celia sacudió la cabeza con resignación.

—Sí, tengo comida, y sí, podemos ir a mi casa. Por amor de Dios, Noah, ¿tan difícil te resulta cuidar de ti mismo? Y si no puedes hacerlo, ¿qué te impide buscar a otra asistenta?

—Digamos que estoy en la lista negra de casi todas las empresas de limpieza... —admitió él—. Tengo que encontrar alguna donde aún no hayan oído hablar de mí.

–Me compadezco de la mujer que se case contigo. Le espera un infierno doméstico.

–Eso no ocurrirá, así que no te preocupes por ello.

–Lo que tú digas…

Los demás entraron en el salón y Noah le apretó ligeramente el brazo a Celia, indicándole que hablarían más tarde.

–Comeremos dentro de quince minutos –anunció su padre.

A Celia se le hizo la boca agua. No sabía lo que había preparado su padre, pero no importaba. Era un genio de la cocina y siempre se superaba a sí mismo.

La comida fue tan deliciosa y bulliciosa como siempre. Sus hermanos no dejaban de provocarse y bromear mientras su padre los contemplaba con indulgencia. Celia había echado terriblemente de menos el ambiente familiar cuando estaba en Nueva York, y aunque las circunstancias que la habían obligado a volver a casa no podían ser más deprimentes, se alegraba de estar otra vez con los suyos… aunque fueran una panda de cavernícolas.

Después de la comida, todos empezaron a discutir sobre el canal de televisión que debían sintonizar. Noah no veía otra cosa que los programas de deportes, a Dalton le gustaba cualquier cosa donde hubiera explosiones, y el pasatiempo favorito de Adam era atormentar a sus hermanos obligándolos a ver programas de jardinería.

Celia se acomodó en el sofá a disfrutar de las sensaciones hogareñas. Su padre se sentó junto a ella y sacudió la cabeza ante las bromas de sus hijos.

Todos ellos habían querido que se quedara en casa y así poder protegerla del mundo. Celia no era una mujer vanidosa, pero sabía que los hombres la encontraban atractiva, y precisamente su aspecto había sido la causa de casi todos sus problemas. Su padre y sus hermanos sólo la veían como una chica preciosa y delicada y por tanto no la animaron a estudiar ni trabajar, y mucho menos a que se dedicara a una profesión tan exigente como era la publicidad.

Pero ella, ignorando todas las objeciones, fue a la universidad y posteriormente aceptó un empleo en Nueva York. Al cabo de un par de años estaba sólidamente asentada en una prestigiosa empresa de publicidad y su ascenso era imparable... hasta que todo se derrumbó como un castillo de naipes.

Volvió al presente al ver cómo Adam se levantaba del sillón.

—¿Ya te marchas?

—Sí —la levantó del sofá para abrazarla—. Tengo que revisar un trabajo. Te veré en el partido inaugural.

—Claro —lo besó en la mejilla y le dio una palmadita en el hombro, antes de girarse hacia Dalton—. Supongo que tú también te irás, ya que lo has traído en tu coche.

—Así es. Tengo una cita y debo prepararme.

A nadie le sorprendió la noticia.

—Os acompaño a la puerta —dijo ella—. Yo también tengo que irme... He de preparar un informe.

Su padre puso una mueca de disgusto y Celia se preparó para recibir otro sermón sobre lo mucho que trabajaba siempre. No dejaba de resultar una opinión irónica, teniendo en cuenta que Adam era el que más trabajaba de todos los hermanos y sin embargo nadie se lo echaba nunca en cara.

Pero, sorprendentemente, su padre permaneció callado. Se levantó del sofá para abrazarla y le ordenó con voz gruñona que se asegurara de descansar lo suficiente.

Salieron todos al porche y su padre les recordó la comida del próximo domingo. Celia se despidió de Adam y de Dalton antes de subirse al coche y alejarse a toda prisa. Noah llegaría a su casa poco después que ella, y tenía que cerciorarse de que la despensa contara con las provisiones suficientes para sobrevivir al saqueo de su hermano.

Acababa de constatar que no tenía comida en casa, lamentándose por no haber ido a la compra, cuando sonó el timbre de la puerta. Unos segundos más tarde, Noah entraba en su apartamento y ella lo recibía con una sonrisa.

—Conozco esa sonrisa —dijo él en tono suspicaz—. Es la sonrisa de alguien que me ha traído hasta aquí con un falso pretexto. No tienes comida en casa, ¿verdad?

—Pues…. No. Pero he pedido una pizza.

—Te perdono, pero me niego a hablar de nada hasta que la hayan traído.

Ella se echó a reír y le dio un manotazo en el brazo.

—Si no tuviera un favor que pedirte, te haría que la pagaras tú.

Noah se puso serio.

–¿De qué se trata?

–Oh, no, no. No voy a pedirte nada con el estómago vacío… aunque no hace ni tres horas desde que has comido.

Él protestó con un gruñido, pero no dijo nada. Su estómago era demasiado importante. Agarró el mando a distancia y encendió la televisión para ver los deportes.

La pizza no tardó en llegar, gracias al servicio de entrega que había en la esquina de la manzana. Su delicioso olor impregnó el apartamento e incluso a Celia se le abrió el apetito, a pesar de haber comido en casa de su padre.

Dejó la caja en la mesita, frente a Noah, sin molestarse en llevar platos. Pronto estuvieron los dos comiendo, él a grandes bocados y ella, deleitándose con pequeños mordiscos.

–Bueno –dijo él con la boca llena–. ¿Qué favor es ése?

–Tengo un cliente… Bueno, en realidad aún no es cliente. Evan Reese.

Noah dejó de masticar.

–¿El tipo que vende ropa deportiva?

–El mismo. Acaba de despedir a sus publicistas y tiene que contratar otra agencia. Quiero que sea para Maddox Communications.

–Me parece muy bien. ¿Y qué pinto yo en todo esto?

–Quiero que vistas su nueva colección de ropa.

Noah parpadeó con asombro, frunció el ceño y dejó la porción de pizza en la caja. Celia esperó en silencio a que le dijera que no y le expusiera sus motivos, que ella conocía tan bien. Pero Noah se limitó a mirarla fijamente, como si intentara leer sus pensamientos.

No le preguntaría por qué había pensado en él. Noah era una estrella del béisbol y todas las agencias lo codiciaban precisamente porque se negaba a prestar su imagen para promocionar ningún producto.

—Es importante para ti —murmuró él. No era una pregunta.

Ella asintió.

—Evan podría ser nuestro mejor cliente. Mi jefe confía en mí para conseguirlo. No me malinterpretes… Voy a conseguirlo con o sin tu ayuda, pero contigo sería mucho más fácil. Además, tú también sacarías grandes beneficios. Reese pagaría una fortuna por tener a alguien como tú en su campaña publicitaria.

Noah dejó escapar un profundo suspiro.

—Ojalá dejaras este trabajo de una vez. Sabes muy bien que no tienes ninguna necesidad de trabajar ni de demostrar lo que vales, Cece. Y mucho menos a tu familia. Adam, Dalton y yo ganamos más que suficiente para mantenerte. A papá le haría muy feliz que no tuvieras un empleo tan estresante. Está convencido de que, a este paso, tendrás una úlcera antes de cumplir los treinta.

—Ya tengo treinta —le recordó ella con una sonrisa, lo que le ganó una mirada de impaciencia por parte de su hermano—. Dime, Noah, ¿acaso dejarías tú el béisbol porque tus hermanos pudieran mantenerte? Sabes que lo harían.

Noah arrugó el gesto.

—No es lo mismo.

–Ya, ya… Eres un hombre y yo una mujer –dijo ella con una mueca de disgusto–. Te quiero mucho, Noah. Eres el mejor hermano que una chica podría tener. Pero eres un machista de cuidado.

Él respondió con un bufido, sin rebatir la acusación, y volvió a adoptar una expresión pensativa.

–Supongo que habrás investigado a ese hombre y a su empresa.

Celia asintió. A simple vista Noah podía parecer un tipo superficial al que sólo le interesaban los coches y las mujeres. Pero bajo aquella fachada se escondía un hombre con una sólida conciencia social.

Muchos lo consideraban un excéntrico o un idiota por rechazar los contratos millonarios que le ofrecían las compañías publicitarias, cuando lo único que tenía que hacer era prestar su nombre e imagen para promocionar algún producto. Pero la verdad era que Noah investigaba a fondo a todas las empresas que intentaban contratarlo, y hasta el momento ninguna había pasado su examen crítico.

–Mándame toda la información por e–mail y le echaré un vistazo. Si no encuentro nada raro, estaré dispuesto a escuchar su oferta.

Ella se inclinó hacia él y lo besó en la mejilla.

–Gracias, Noah. Eres el mejor.

–Supongo que no querrás agradecérmelo limpiando mi apartamento, ¿verdad?

–Antes renunciaría a mi trabajo y dejaría que tú y Adam me mantuvierais –dijo ella, agarrando el trozo de pizza.

–No tienes por qué ser tan dura –se quejó él.

–Pobrecito… ¡Oh, por cierto! Tengo otro favor que pedirte.

Noah la miró con ojos entornados.

–¿Acabas de negarte a limpiar mi casa, además de insultarme, y tienes el descaro de pedirme otro favor?

–¿Qué tal si te busco otra asistenta? Así los dos estaríamos contentos.

Noah la miró con aquella expresión de cordero degollado con la que seguramente derretiría a muchas mujeres. Por suerte, ella era su hermana e inmune a sus encantos.

–Está bien. Búscame a alguien que se atreva a limpiar mi casa y yo te haré ese otro favor, sea cual sea.

–Vaya, qué disposición… y ni siquiera sabes de qué se trata.

–Eso es para que veas lo desesperado que estoy –murmuró él.

Ella se echó a reír.

–Lo único que necesito son dos entradas para el partido inaugural. Quiero llevar a Evan.

–¿Alguna vez te ha dicho alguien lo cara que resultas?

–Eh, espera, espera… Hace un momento estabas dispuesto a mantenerme si dejaba mi trabajo. ¿En qué quedamos?

Noah se puso muy serio.

–Sólo estoy preocupado por ti, Cece. Lo de Nueva York nunca habría pasado si…

Ella levantó una mano para interrumpirlo.

–No quiero hablar de eso.

–Lo siento –se disculpó él, arrepentido–. Asunto olvidado.

Celia se obligó a tranquilizarse y sonreír.

–¿De verdad le echarás un vistazo a la información que he recogido? Te gustará Reese, ya lo verás. Es un auténtico boy scout y sus empleados lo adoran. Ofrece un plan de seguro médico excelente, nunca ha despedido a nadie y su negocio no depende de la explotación infantil en el extranjero. ¿Qué más? Contribuye regularmente con generosas donaciones a media docena de obras benéficas y...

Noah levantó las dos manos en un gesto de rendición.

–Vale, vale, ya veo que es todo un santo. Imposible que el resto de mortales podamos estar a su altura.

–Deja el sarcasmo, ¿quieres?

Noah miró la hora y se levantó con un suspiro.

–Siento tener que irme tan pronto, sobre todo sin haber acabado la pizza, pero... alguien está hablando demasiado. Mándame la información por e–mail y le echaré un vistazo. Y tendrás las entradas en taquilla.

–Siempre has sido mi hermano favorito –le dijo ella con afecto.

Él le dio un beso en la cabeza y se estiró perezosamente.

–Te llamaré cuando lo haya leído todo.

Capítulo Tres

Evan entró en la oficina y saludó con la cabeza a Tanya, la recepcionista. El local que tenía arrendado en Union Square le gustaba; no en vano era la zona más cara de la ciudad y albergaba las empresas más importantes, pero él prefería el ambiente moderno de Seattle.

—Yo de usted no entraría ahí —le advirtió en voz baja la recepcionista, señalándole su despacho.

—¿Por qué no?

Tanya se tapó la boca con la mano.

—Porque está ella.

Evan se giró hacia su despacho y vio que la puerta estaba cerrada. No tenía tiempo para estupideces y volvió a mirar a Tanya con impaciencia. La chica era muy eficiente en su trabajo, si bien un poco excéntrica. Seguramente encajaría mejor en la oficina de Seattle con su pelo de colores, piercings y ropa de los años treinta, pero a Evan le gustaba tenerla en San Francisco. Le imprimía un aire más alegre y dinámico al rígido ambiente laboral que allí se respiraba.

—Muy bien, Tanya, ¿se puede saber quién es «ella» y dónde está Vickie?

No era propio de Vickie no haberlo recibido en cuanto salió del ascensor. Su fiel ayudante lo acompañaba en todos sus viajes de trabajo. Tenía un apartamento en San Francisco y otro en Seattle, y una habilidad especial para saber en qué momento se presentaría su jefe en la oficina, por lo que siempre le tenía preparada la agenda del día.

–Oh, ¿no ha oído los mensajes que le dejé en el buzón de voz? Esta mañana ingresaron en el hospital a la nieta de Vickie. Tienen que operarla de apendicitis.

Evan frunció el ceño.

–No, no he oído ningún mensaje. Mantenme informado sobre la evolución de su nieta. Quiero saber cuándo sale del quirófano. Mándale flores y asegúrate de que a Vickie no le falta de nada. Mándale también comida a la familia, que no tengan que comer la horrible comida del hospital. Y búscales alojamiento en el hotel más cercano.

Tanya agarró un cuaderno y empezó a tomar notas a toda prisa.

Evan esperó un momento y dejó escapar un débil suspiro.

–¿Tanya?

La chica lo miró y parpadeó un par de veces, como si se sorprendiera de verlo aún allí.

–¿Quién es la persona que está esperando en mi despacho?

–La señorita Hammond… –arrugó la nariz con disgusto–. Lo siento, señor. No pude detenerla. Me dijo que lo esperaría.

Evan se reprimió para no levantar la vista hacia el cielo e implorar clemencia. Por un momento pensó en marcharse. No le apetecía en absoluto ver a Bettina, y después de haberle prometido a su madre que asistiría a la boda, no se imaginaba qué motivo tendría Bettina para ir a verlo.

31

–Mantenme informado sobre la nieta de Vickie –le repitió a Tanya, y echó a andar hacia su despacho.

Al abrir la puerta se encontró a Bettina sentada en uno de los sofás que había delante de la ventana, con vistas a las cafeterías y comercios de la calle.

–Bettina –la saludó mientras dejaba la cartera en la mesa–. ¿Qué te trae por aquí?

Ella se levantó y se alisó el vestido con las manos, atrayendo la atención hacia sus magníficas piernas. El vestido acababa en la mitad del muslo, lo que dejaba a la vista una gran parte de piel desnuda.

A Evan también le gustaban aquellas piernas, como era lógico. Lamentablemente, estaban unidas al resto de su persona.

Bettina adoptó una falsa expresión de dolor y se acercó a él para agarrarle dramáticamente las manos.

–Quería darte las gracias por asistir a la boda. Significa mucho para Mitchell y para tus padres. Sé lo difícil que debe de ser para ti, después de que yo te rompiera el corazón.

Evan se limitó a mirarla. Una parte de él quería preguntarle en qué mundo vivía, pero ya sabía la respuesta. Era el planeta Bettina, donde todo giraba en torno a ella.

–Déjate de teatro, Bettina, y dime por qué has venido. A ti te da igual si yo asisto a tu boda o no, así que no te molestes en fingir, ¿quieres?

Ella pareció quedarse momentáneamente aturdida.

–Lucy me ha dicho que vas a ir acompañado. Es una jugada muy astuta por tu parte, Evan, pero a mí no puedes engañarme. Todo el mundo sabe que no has tenido ninguna relación seria desde que estuviste conmigo. ¿Quién es ella? ¿Sabe que sólo piensas utilizarla? ¿Un mero accesorio para tu buena imagen, igual que fui yo?

–¿En qué quedamos, Bettina? ¿Lo nuestro era algo serio o sólo eras un accesorio?

Ella se puso colorada.

–Lo que quiero decir es que no has tenido nada serio con ninguna mujer desde que yo te dejé.

Evan puso una expresión exagerada de sorpresa.

–Me halagas, Bettina. No sabía que te importaba tanto mi vida sentimental… Pensaba que mi hermano te mantenía demasiado ocupada como para acordarte de mí.

–Trae a tu acompañante, Evan. Pero ambos sabemos que esa mujer no soy yo y nunca lo será. No creas que vas a sacar algo de mi boda.

Se marchó sin despedirse y Evan se quedó sacudiendo la cabeza. Debería llamar a su hermano y darle las gracias por librarlo de una mujer así.

Se sentó en el sillón y abrió la agenda. Vickie le dejaba anotados todos los compromisos para las raras ocasiones en las que ella se ausentaba del trabajo. Como era habitual, no tenía ni un hueco libre en la agenda, salvo un descanso de cuarenta y cinco minutos para comer.

Inmediatamente pensó en Celia, cuya oficina estaba a dos manzanas de allí. Su intención era llamarla, pero la propuesta que pensaba hacerle merecía un encuentro en persona. No tenía mucho tiempo y seguramente ella tampoco, pero sabía que no rechazaría una invitación para comer. Estaba desesperada por conseguirlo como cliente.

Avisó a Tanya y le pidió que llamara a Celia Taylor, de Maddox Communications.

Celia salió del ascensor y Shelby la recibió con alegría, la recepcionista de Maddox Communications era una chica joven y amigable, con unas dotes de organización admirables y una memoria sorprendente. Conocía al detalle todo lo que se cocía en la empresa y no le importaba compartir los cotilleos más interesantes, lo cual le resultaba muy útil a Celia para que nada ni nadie volviese a pillarla desprevenida, como le ocurrió en su último trabajo.

—Buenos días, Shelby —le devolvió el saludo mientras se detenía junto al mostrador—. ¿Algún mensaje para mí?

Shelby se inclinó hacia delante con un brillo en los ojos.

—Corren rumores sobre el jefe y su ayudante —le confesó en voz baja.

—¿Te refieres a Brock y Elle? —pregunto Celia con el ceño fruncido.

Elle no le parecía el tipo de mujer que mantuviera una aventura en la oficina, y mucho menos con su jefe. Celia se sintió impelida a advertirla contra el peligro que suponían ese tipo de habladurías, pero decidió que era mejor no intervenir. Al fin y al cabo no era más que un rumor, y tal vez a Elle no le hiciera gracia que le hablase del tema.

Shelby se encogió de hombros.

—Últimamente parecen pasar mucho tiempo juntos.

—Pues claro que pasan tiempo juntos. Es su ayudante —le recordó Celia.

—Tan sólo repito lo que los demás dicen.

Celia agarró con más fuerza su cartera. Definitivamente era mejor no intervenir. Brock y Elle eran adultos y sabían lo que hacían.

—Por cierto, Shelby… Necesito que busques una empresa de limpieza —sacó de la cartera la hoja con los nombres de las empresas que Noah ya había contratado y se lo tendió a Shelby—. Todas estas están descartadas. Tienes que dejar muy claro que se trata de un cliente muy exigente y un auténtico desastre. El dinero no es problema, pero la pobre que asuma el cargo se habrá ganado con creces su nómina.

Shelby abrió los ojos como platos al leer el nombre del cliente.

—¿Noah Hart, el jugador de béisbol? ¿Y necesita una asistenta? Yo estoy disponible…

—Ni lo sueñes. Avísame si encuentras a alguien. Ah, y estoy esperando una llamada de la secretaria de Evan Reese. Pásamela enseguida, esté con quien esté en ese momento.

—Espera un momento… —la llamó Shelby cuando Celia ya se alejaba hacia su despacho—. ¿De qué conoces a Noah Hart? No es cliente de Maddox Communications.

Celia sonrió y siguió caminando. Normalmente se habría detenido a hablar con algunos de sus colegas, pero por culpa de un desayuno de trabajo se le había hecho tarde y tenía que ponerse al día con los mensajes y llamadas pendientes.

Estaba acabando de consultar el correo electrónico cuando sonó el interfono.

—Celia, el señor Reese por la línea dos.

—¿El señor Reese o su ayudante?

—El señor Reese.

—Pásamelo.

Se frotó la mano en la falda y sacudió la cabeza, repentinamente nerviosa. El teléfono sonó y ella lo agarró al instante.

—Celia Taylor.

—Hola, Celia. ¿Cómo estás?

La voz de Evan bastó para que se le descontrolaran las hormonas. Era una reacción absurda y nada profesional, pero no podía evitarlo.

—Muy bien, Evan. ¿Y tú?

—No tengo mucho tiempo. ¿Podríamos comer juntos hoy? Si tu agenda te lo permite, claro.

Hablaba con una seguridad arrolladora. Era evidente que no se esperaba una negativa.

—¿A qué hora?

—Ahora.

Los nervios le revolvieron el estómago. ¿Evan quería verla ahora? No estaba preparada.

—Creía que habíamos quedado para comer el viernes…

—Ha habido un cambio de planes —dijo él.

Celia no sabía qué hacer. Era del todo imposible preparar su estrategia con tan poco tiempo.

—Sólo tengo cuarenta y cinco minutos —siguió él—. Estamos a dos manzanas de distancia. ¿Te parece bien que nos encontremos a mitad de camino? Podemos elegir entre comida china, francesa o italiana.

—Estoy abierta a todo —dijo ella mientras buscaba frenéticamente sus notas y las metía en una carpeta.

–Estupendo. ¿Nos vemos dentro de cinco minutos? Salgo ahora mismo de mi oficina.

–Muy bien.

Evan colgó y ella permaneció inmóvil un momento, con el teléfono pegado a la oreja. Al soltarlo, respiró hondo y se preparó para la batalla.

Podía hacer aquello con los ojos cerrados.

En el pasillo se cruzó con Ash Williams, el gerente de la empresa, quien levantó un dedo y abrió la boca para decirle algo.

–Ahora no, Ash –dijo ella sin detenerse–. Llego tarde a una cita.

Ni siquiera se molestó en mirar la reacción de Ash.

Pasó a toda velocidad junto a Shelby y se giró hacia ella mientras esperaba a que se abriera el ascensor.

–Si Brock pregunta por mí, estoy comiendo con el señor Reese porque se ha adelantado la cita del viernes. Si alguien más quiere verme, dile que volveré esta tarde.

Entró en el ascensor y se giró a tiempo de ver la expresión anonadada de Shelby antes de que se cerraran las puertas.

Al llegar al vestíbulo se metió en los aseos para examinar su aspecto. No estaba tan despampanante como para quitar el hipo, pero al menos no reflejaba sus nervios. Los tacones que había elegido para completar su atuendo eran preciosos, si bien no eran los más apropiados para caminar por una acera llena de baches. En su despacho guardaba unas zapatillas deportivas para ese tipo de eventualidades, pero a sólo cinco minutos del almuerzo de trabajo más importante de su carrera no tenía tiempo para preocuparse por el calzado.

Al cruzar la calle hacia la siguiente manzana recordó que no habían decidido el restaurante. ¿Italiano, francés o chino? Rápidamente pasó la mirada por las mesas de las terrazas. Entonces lo vio y al momento sintió que se quedaba sin aire. Estaba de pie en la otra acera, a la luz del sol, con una mano en el bolsillo de los pantalones y la otra sosteniendo un móvil pegado a la oreja. Su imagen era simplemente soberbia, tan fuerte y poderoso, y por unos segundos Celia se quedó mirándolo como una tonta.

Entonces se giró ligeramente y la vio. La calle estaba llena de gente y de coches, pero Evan clavó en ella su mirada como si hubiera sentido que lo estaba observando.

Celia se puso derecha y cruzó la calle rápidamente, avergonzada porque la hubiera pillado mirando. Evan la vio acercarse con un brillo de deseo en los ojos y una sonrisa en los labios.

—Justo a tiempo.

Ella asintió en silencio. No quería hacerle ver que estaba sin aliento por la carrera que se había dado desde la oficina.

—¿Te parece bien comida italiana? —le sugirió él, señalándole una mesa cercana—. Espero que te guste.

—Claro.

Evan la llevó del brazo hacia la mesa y ella se sentó con alivio, agradecida por no tener que permanecer más rato de pie.

—¿Te apetece tomar vino? —le preguntó él cuando se acercó el camarero.

–Lo mismo que vayas a tomar tú.

Evan hizo el pedido y miró a Celia.

–Te he invitado a comer porque ha surgido un imprevisto y me temo que no podremos quedar el viernes.

Ella asintió y alargó el brazo hacia su maletín, que había dejado junto a la silla.

–No pasa nada. He traído la información que quería enseñarte y…

Él estiró el brazo sobre la mesa y la agarró por la muñeca.

–No te he invitado para hablar de eso.

Ella lo miró con asombro y soltó el maletín.

–Nuestra cita sigue en pie –dijo él–. Tan sólo me gustaría cambiar el lugar.

El desconcierto de Celia debió de reflejarse en su rostro, porque Evan sonrió con regocijo.

–Hoy no tengo mucho tiempo, así que vamos directamente al grano.

Seguía agarrándola por la muñeca, aunque había aflojado los dedos y le acariciaba con el pulgar, el pulso le latía a un ritmo frenético. Celia no se movió ni respiró. No quería renunciar a la maravillosa sensación que le producía su roce.

–Tengo una boda este fin de semana –explicó él con una mueca de disgusto en los labios–. Mi hermano se casa en Isla Catalina y tengo que estar allí el jueves por la noche. Por eso no pudo ir a la reunión el viernes.

–Lo entiendo –dijo ella–. Podemos buscar otra fecha que te venga bien.

–Me gustaría que vinieras conmigo.

Celia retiró la mano bruscamente, se la llevó al

regazo y puso la otra mano encima. Quería preservar el calor de los dedos de Evan en su piel lo más posible.

Por su parte, Evan hizo un gesto de impaciencia con la mano y se puso a doblar la servilleta. Parecía sentirse incómodo, y Celia tenía curiosidad por oír lo siguiente que diría.

–Tengo una agenda muy apretada y no puedo perder tiempo buscando una nueva agencia de publicidad. Si vienes conmigo, podría escuchar tus ideas. Ya sé que una boda no es el mejor lugar para hablar de negocios, y te aseguro que yo también preferiría cualquier otro sitio.

La advertencia era muy clara: si Celia lo acompañaba podría exponerle su proyecto. Pero si no lo hacía, él quizá no tuviera tiempo para escucharla cuando volviera.

Se le formó un insoportable nudo en el estómago. Una boda era algo demasiado íntimo, aunque sólo fuera para hablar de negocios. En una simple comida de trabajo ya le resultaba bastante difícil ocultar la atracción que sentía hacia Evan; ¿cómo sería en una boda?

–¿Cuánto tiempo estaríamos fuera? –se atrevió a preguntar, y se estremeció al oírse a sí misma. Parecía una niña asustada ante el lobo feroz.

–Saldríamos el jueves por la noche. El viernes tenemos el ensayo y la cena. El sábado es la boda, y como el banquete se alargará hasta bien entrada la noche, volveríamos el domingo.

Sólo perdería un día de trabajo, pensó Celia. Nadie, aparte de Brock tendría por qué enterarse. Y Brock no se iría de la lengua.

Además, no podía rechazar la invitación. Evan la tenía entre la espada y la pared.

–De acuerdo –aceptó con la voz más serena que pudo. ¿Esperaría de ella que asistiera a los festejos con él? Eso parecía, por la forma en que le había expuesto el programa.

–Estaré encantado de comprarte todo lo que necesites para el viaje –dijo él.

Ella lo miró, sobresaltada.

–No, no, no es necesario. Pero tendrás que decirme qué debo ponerme, claro.

Él le dedico una sonrisa irónica.

–Cualquier evento que tenga que ver con Bettina exigirá un atuendo bastante formal, me temo –la recorrió sensualmente con la mirada–. Cualquier cosa que te pongas servirá… El vestido que llevabas la otra noche sería perfecto.

A Celia le ardieron las mejillas.

–Seguro que puedo encontrar algo más elegante y glamuroso… A las mujeres nos gusta aprovechar la ocasión para arreglarnos.

–Me muero de impaciencia…

El camarero volvió con el vino y Celia procuró que no le temblara la mano al levantar la copa. Estaba segura de que, si intentaba ponerse en pie, se dislocaría un tobillo por culpa de sus ridículos tacones.

Para el fin de semana tendría que buscarse un calzado cómodo… De lo contrario, Evan se pasaría todo el tiempo levantándola del suelo. Eso, si no acababa en el hospital.

–Te llamaré con los detalles del vuelo. Iremos en mi avión privado.

Ella tragó saliva y asintió, y entonces se dio cuenta de que tendría que darle su número de teléfono. Volvió a agarrar su cartera y buscó una tarjeta de visita, pero no encontró el tarjetero y tuvo que arrancar una hoja de su bloc para anotar el número de casa y el del móvil. Le entregó el papel a Evan y él miró un momento antes de guardárselo en el bolsillo. El camarero volvió con las cartas y Evan miró a Celia para que pidiera.

–Sólo una ensalada –dijo ella. Lo que realmente le apetecía era una hamburguesa con aros de cebolla, pero no quería horrorizar a Evan. La culpa de sus malos hábitos alimenticios la tenían sus hermanos, aunque también ellos le echaban duros sermones al respecto.

Evan pidió un filete poco hecho y se quedó mirándola con expresión inquisidora cuando el camarero se alejó.

Ella ladeó la cabeza, preparándose para recibir la pregunta. Pero, curiosamente, él no dijo nada y se limitó a observarla como si quisiera descifrar sus más profundos secretos.

Finalmente, se recostó en la silla con una sonrisa de satisfacción y un brillo triunfal en los ojos.

–Creo que esta boda va a ser muy interesante, después de todo.

Capítulo Cuatro

Celia salió del ascensor y pasó junto al mostrador de Shelby, quien levantó una mano para llamarle la atención.

—Más tarde, Shelby —dijo ella de camino al despacho de Brock.

En la puerta casi se choca con Ash, que salía del despacho en aquel momento. El gerente tenía el ceño fruncido, sumido en sus pensamientos, y ni siquiera pareció advertir la presencia de Celia.

Asomó la cabeza por la puerta y respiró de alivio al ver que Brock estaba solo. Su jefe levantó la mirada y la hizo pasar.

—¿Qué le pasa a Ash? —preguntó ella, señalando con la cabeza hacia el pasillo—. Lleva unos días muy raro.

Brock la miró como si no supiera de qué le estaba hablando, y Celia optó por olvidarse del tema. No se molestó en sentarse. Tenía mucho trabajo pendiente y apenas necesitaba un par de minutos para hablar con su jefe.

—Tengo que irme de la ciudad el jueves por la tarde.

Brock frunció el ceño y soltó el bolígrafo que había estado moviendo en sus dedos.

—¿Es una emergencia? Se supone que vas a reunirte con Evan Reese el viernes.

–Acabo de comer con Evan –se apresuró a aclararle ella–. Ha habido un cambio de planes. Tiene que asistir a la boda de un familiar este fin de semana en Catalina y no estará disponible el viernes. Me ha dicho que quiere seguir con esta campaña y que no puede perder tiempo en el proceso de selección.

Brock masculló algo en voz baja, volvió a agarrar el bolígrafo y lo arrojó con fuerza sobre el escritorio.

–Maldita sea… ¿Ni siquiera va a escuchar nuestra oferta?

Celia tomó aire antes de seguir hablando.

–Quiere que yo lo acompañe a California. Nos marcharíamos el jueves por la tarde. Es el único tiempo que puede dedicarme, y me ha prometido que escuchará mis ideas mientras estemos fuera.

Brock volvió a fruncir el ceño y la miró fijamente.

–Entiendo…

Celia tenía mucho que hacer y no quería permanecer más rato en el despacho de su jefe, pero se sentó en uno de los sillones y le sostuvo la mirada.

–Le he dicho que sí. No me quedó más remedio. Aunque no lo dijo directamente, insinuó que si no lo acompañaba buscaría otra agencia.

–Estoy de acuerdo en que debes acompañarlo… ¿Eso me convierte en un cretino?

Celia se echó a reír y parte de la tensión de sus hombros se relajó.

–No, tranquilo. Supongo que me preocupan las consecuencias. Ya sé que es absurdo, pero no puedo evitar pensar en lo que dirán de mí y cómo tergiversarán los hechos.

–Cuentas con todo mi apoyo, Celia. Y también con el de la empresa. No lo olvides.

Ella se levantó y le dedicó una sonrisa.

–Gracias, Brock.

–No me lo agradezcas y consígueme ese contrato.

Celia se detuvo en la puerta y volvió a mirarlo.

–Necesitaré que alguien me sustituya el viernes. Tengo dos citas, una por la mañana y otra por la tarde.

–Jason se encargará de ello. Tú sólo preocúpate de ganarte a Evan Reese.

–Lo haré –murmuró.

De camino a su despacho empezó a sonar su móvil. Lo sacó del maletín y vio el número de Noah en la pantalla.

–Estoy buscando a tu asistenta –dijo en vez de saludarlo.

Noah se echó a reír.

–Genial. Esta mañana casi me mato al levantarme de la cama. Te sorprendería lo peligrosa que puede ser la ropa interior sucia...

Celia arrugó la nariz con desagrado.

–¿Sería posible, por lo menos, que la asistenta no salga huyendo de tu casa el primer día?

Su hermano soltó un bufido.

–He leído la información que me enviaste, y también tengo a mi agente investigando... Por cierto, aún no se cree que esté pensando en promocionar una colección de ropa.

–Dile que espero un bonito regalo de Navidad como agradecimiento.

–Oh, vamos... Mi agente no le hace regalos ni a su madre.

Normalmente no le importaba charlar de cosas sin importancia con sus hermanos, pero tenía miles de cosas que hacer antes del jueves, entre ellas, encontrar la forma de sobrevivir a un fin de semana en una isla con un hombre que conseguía derretirla con una simple mirada.

–Entonces… ¿estás dispuesto a hacerlo?

Contuvo la respiración mientras aguardaba la respuesta de Noah.

–Sí. Parece un buen tipo, tal y como dijiste.

Celia hizo un gesto de triunfo y dejó caer la cartera en el suelo, junto a su mesa.

–Haz que su representante se ponga en contacto con mi gente –dijo Noah.

–Yo soy su representante –le recordó Celia, riendo–, o al menos espero serlo.

–¿Vas a ir a casa de papá este fin de semana?

Celia puso una mueca al recordar que le había prometido a su padre que iría a comer el domingo.

–Me temo que no. Ha surgido un imprevisto.

–¿En domingo? Pero ¿es que nunca dejas de trabajar, por amor de Dios?

–¿Quién te ha dicho que sea algo de trabajo? –protestó ella–. A lo mejor tengo una cita.

–¿Cuándo fue la última vez que tuviste una cita que no fuera de trabajo? –replicó Noah.

–Tengo que colgar, Noah –dijo ella antes de que empezaran los sermones de siempre–. Tengo una reunión dentro de cinco minutos. Te llamaré más tarde, ¿de acuerdo?

Antes de que él pudiera decir nada más, interrumpió la llamada y se dejó caer en la silla. Soltó un suspiro de alivio y cerró los ojos.

Todo marchaba sobre ruedas. Con algunos obstáculos, tal vez, pero nada que no se pudiera superar. Lo único que tenía que hacer era sobrevivir al fin de semana y el contrato sería suyo.

Capítulo Cinco

El coche que Evan mandó a recogerla se detuvo a pocos metros del avión. Celia miró por la ventanilla y vio a Evan esperándola.

El chófer abrió la puerta y Celia se puso unas gafas oscuras para protegerse del sol de la tarde… y para que Evan no advirtiese cómo se lo comía con los ojos.

Iba vestido con unos vaqueros, un polo y unos mocasines. Hasta el momento Celia sólo lo había visto con traje, no se había imaginado que pudiera estar más atractivo. Y no podía estar más equivocada… Los vaqueros se ceñían a sus fuertes muslos, trasero y entrepierna. No eran nuevos y almidonados, sino descoloridos y desgastados, como debían ser unos buenos vaqueros.

–Celia –la saludó, asintiendo con la cabeza–, si estás lista, podemos irnos.

–Sólo tengo que recoger mi equipaje y… –se volvió hacia el coche y vio que el chófer le entregaba su equipaje a un hombre uniformado–. Muy bien, en ese caso ya estoy lista –dijo alegremente.

Él sonrió y la invitó a subir al avión. Los ojos de Celia se abrieron como platos al entrar en la cabina y se quitó las gafas para apreciar mejor el interior. Era sencillo y sobrio, pero muy cómodo y elegante. Todo parecía muy masculino, incluso olía a masculinidad.

Asientos de cuero y ante, tonos parduscos, una zona provista de sofá, mesa y televisión y una pequeña cocina entre los asientos y la cabina del piloto.

El auxiliar de vuelo le dio la bienvenida a bordo, se presentó como William y le preguntó si le apetecía beber algo. Celia miró a Evan y después a William.

–¿Hay vino?

–Por supuesto –respondió William con una sonrisa–. El señor Reese siempre tiene todo lo necesario en el avión.

El vino era muy necesario, desde luego.

William volvió unos momentos después con dos copas de vino.

–El piloto le hace saber que está listo para despegar cuando usted desee.

Evan aceptó las copas y le ofreció una a Celia.

–Dile que ya estamos listos.

–Muy bien, señor. Cerraré las puertas y despegaremos enseguida.

–¿Estás cómoda? –le preguntó Evan a Celia.

Ella se recostó en el asiento y probó el vino.

–Mucho… Es un avión estupendo.

Debería haberse sentado al otro lado del pasillo, pero hubiera sido muy descortés, ya que Evan se había sentado junto a ella. Su proximidad le estaba alterando las hormonas, así como su olor y el calor que irradiaba su cuerpo. Además, cada vez que Evan se movía la rozaba con el brazo. Y lo peor no era carecer de espacio, sino que Celia no quería guardar las distancias.

Pensó en sugerirle que aprovecharan el vuelo para tratar sus ideas, pero en aquellos momentos no podía concentrarse en nada relacionado con el trabajo. Puso los pies en tierra y se recordó que aquello no era una escapada romántica. Eran simple y llanamente negocios.

Le parecía terriblemente injusto sentir atracción por un hombre que quebrantaba todas sus reglas sagradas. Nunca había tenido una relación con un compañero de trabajo ni con un cliente, pero eso no impidió que algunos la acusaran de ascender en su carrera a base de favores sexuales.

Al recordarlo se puso tan furiosa que apretó los puños. Había trabajado muy duro para superar las limitadas expectativas de su familia, y que alguien más poderoso que ella le arrebatara el fruto de su esfuerzo la llenaba de rabia e impotencia. El mundo de la publicidad era muy pequeño y los rumores se propagaban con rapidez. Celia nunca creyó que marchándose de Nueva York podría dejar atrás lo ocurrido. El asunto había estado muy lejos de ser discreto. La gente hablaba a sus espaldas, y muchos de sus colegas creían que se había acostado con Brock o con Flynn para hacerse un hueco en la empresa. Seguramente pensaban que estaría dispuesta a hacer lo mismo con Evan.

La única persona ante la que se había defendido era Brock, pues se merecía saber la verdad al contratarla. Era el único que sabía lo que realmente ocurrió en la anterior empresa de Celia, y le había prometido que en Maddox Communications jamás sucedería algo semejante. Tal vez fuera una ingenua, pero Celia lo creyó. Brock era un hombre honesto y de convicciones sólidas, y lo más importante, cumplía con su palabra.

–¿Va todo bien?

La pregunta de Evan la sacó de sus recuerdos. Le había puesto la mano sobre la suya y le estaba separando los dedos que tan fuertemente apretaba contra las palmas.

–¿Te da miedo volar?

Ella negó con la cabeza.

–Lo siento. Estaba pensando en otra cosa.

Él la miró fijamente.

–¿No te parece una pérdida de tiempo pensar en cosas desagradables?

Celia estuvo tentada de decirle que sus pensamientos no eran absoluto desagradables, pero en vez de eso arrugó la nariz y sonrió tristemente.

–Me has pillado.

–Me gustan las mujeres sinceras –dijo él, riendo.

Fue entonces cuando Celia se dio cuenta de que ya estaban en el aire. Debía de haber estado muy sumida en sus divagaciones para perderse el despegue.

–Relájate. Tendremos mucho tiempo para hablar de negocios en Catalina. De momento, limitémonos a disfrutar del vuelo.

O Celia era muy transparente o él se había anticipado a su intención de abordar los negocios de inmediato. Fuera como fuera, ella no tenía el menor inconveniente en posponer la charla de trabajo hasta que se sintiera en igualdad de condiciones. Sentada tan cerca de él, en su avión y bebiendo su vino, era imposible concentrarse en nada.

Evan dejó la mano sobre la suya y con el pulgar le acarició distraídamente los nudillos. A ella le gustaba la sensación de su roce. Tal vez demasiado.

51

«Tienes que ser fuerte y sobrevivir al fin de semana, Celia. Demuestra la profesional que eres y no veas a Evan más que como un posible cliente».

Tragó saliva y respiró profundamente para intentar relajarse. No podía permitir que sus descontroladas hormonas echaran a perder aquella oportunidad de oro.

El vuelo transcurrió de manera agradable, y después de los primeros e incómodos minutos, Celia pudo relajarse y mantener una conversación tranquila y superficial con Evan. William se acercaba continuamente para llenarles las copas de vino y ofrecerles una exquisita variedad de entremeses. Cuando aterrizaron en el aeropuerto de Catalina, Celia se sentía animada y despierta, seguramente por todo el vino que había consumido.

Un representante del hotel los recibió y los llevó en un minibús al complejo situado en primera línea de playa. El lugar era espectacular, y la hermosa luz del crepúsculo lo impregnaba de un matiz íntimo y especial. Celia se quedó fascinada por su belleza, pero achacó el romanticismo que se respiraba en el aire al hecho de que fuera a celebrarse allí una boda.

Entraron en el vestíbulo, seguidos por el botones, que empujaba el carrito con el equipaje.

–Espera aquí un momento –murmuró Evan–. Voy a pedir las llaves de las habitaciones.

Antes de que pudiera dirigirse al mostrador, se oyó una voz de mujer.

–¡Evan! ¡Has venido!

Celia sintió cómo Evan se ponía rígido de los pies a la cabeza y lo oyó maldecir en voz baja. Una mujer mayor y elegantemente vestida se acercaba a ellos, con los tacones resonando delicadamente en el reluciente suelo del vestíbulo. Tras ella, un caballero de edad avanzada y rostro severo, una joven y un hombre que parecía tener unos años menos que Evan caminaban a un ritmo más lento pero con igual decisión en dirección a Evan.

Para sorpresa de Celia, Evan la agarró de la mano izquierda y la sostuvo pegada a su costado mientras esbozaba una sonrisa que, aunque a todas luces era forzada, no pareció desanimar a la mujer. Ésta lo rodeó con los brazos y él le devolvió el abrazo con su mano libre, sin soltar la de Celia.

—Hola, mamá. Ya te dije que vendría.

—Lo sé, lo sé, pero después de que Bettina me dijera que había ido a verte y que... —dejó la frase sin terminar, miró con curiosidad a Celia y se giró hacia la mujer que debía de ser Bettina—. Pero, querida, tú me dijiste que Evan no estaba con nadie... Que sólo me lo había dicho para no preocuparme.

—¿Eso te dijo? —preguntó Evan, y le clavó a Bettina una mirada tan feroz que habría hecho a Celia estremecerse.

Su madre le dio un codazo con impaciencia.

—¿No vas a presentarnos, Evan?

—Sí, eso, preséntanos —lo animó Bettina con voz fría.

Celia sintió que Evan le apretaba la mano y deslizaba algo metálico en su dedo. Bajó discretamente la mirada para ver de qué se trataba, pero él siguió cubriéndole la mano con la suya. La situación no podía ser más incómoda, y Celia ya empezaba a arrepentirse de estar allí.

—Mamá, papá, Bettina, Mitchell… —los labios de Evan se torcieron con disgusto al pronunciar el último nombre. Celia se fijó en el aludido y supuso que debía de ser su hermano, pues el parecido era sorprendente—. Os presento a… —todo su cuerpo volvió a tensarse y de nuevo le apretó la mano. Parecía estar mandándole una especie de mensaje— mi novia, Celia Taylor.

Capítulo Seis

Celia se quedó helada. Un pitido ensordecedor le zumbaba en los oídos mientras miraba horrorizada a Evan. ¿Lo había oído bien?

No sabría decir quién estaba más aturdida, si ella o su familia. Bettina parecía haberse tragado un limón. Mitchell echaba fuego por los ojos y su padre fruncía el ceño. Su madre era la única que parecía contenta con la noticia.

—Oh, Evan… ¡es fantástico!

Celia se encontró en los brazos de la mujer, quien la abrazó con tanta fuerza que a punto estuvo de desmayarse.

—Me alegro mucho de conocerte, querida.

Se echó hacia atrás para sonreírle, la besó en las dos mejillas y volvió a abrazarla efusivamente.

Aquello era una locura. Evan estaba loco. Toda su familia estaba chiflada. Celia se dispuso a preguntarle a qué demonios estaba jugando cuando el padre de Evan puso una mano en el hombro de su hijo y lo apartó de las mujeres.

—Vamos a pedir la llave para que puedas subir a Celia a la habitación.

Evan parecía reacio a abandonarla, y no era difícil imaginarse por qué.

Entonces recordó que le había puesto algo en el dedo.

Bajó la mirada y… descubrió un gran anillo de diamante en su dedo anular. Una furia ciega la invadió y tuvo que contar hasta diez para no explotar allí mismo. El muy miserable había planeado aquello desde el principio. ¡Nadie iba por ahí con un diamante tan grande en el bolsillo!

–Vosotros dos, id a sentaros y pedidnos algo de beber –les ordenó la madre de Evan a Mitchell y Bettina–. Marshall y yo iremos dentro de un momento… Quiero hablar antes con Celia.

Celia miró con desconfianza a la madre de Evan mientras mandaba a la pareja al restaurante. Cuando se fueron, después de que Bettina hubiera fulminado a Celia con la mirada, la madre de Evan la agarró de las manos y se las apretó con afecto.

–No sabes lo feliz que me hace conocerte, querida. Estaba muy preocupada por Evan. La ruptura con Bettina lo dejó destrozado, pero… ¡tú eres aún más guapa que Bettina! No me extraña que esté tan enamorado de ti.

Celia abrió la boca, pero volvió a cerrarla. ¿Qué demonios podía decir? Con cada palabra que salía de la boca de aquella mujer, más furiosa y más asqueada estaba por el engaño de Evan.

Era como vivir un culebrón. Aquellas cosas no pasaban en la vida real, ni siquiera en las vidas de los ricos.

–Por cierto, me parece que no me he presentado… Me llamo Lucy. Por favor, no me llames señora Reese, suena demasiado formal, y tú y yo vamos a ser familia.

A Celia se le cayó el alma a los pies. Lucy era una mujer maravillosa y tenía buen corazón, lo que hacía aún más abominable la mentira de Evan. ¿En qué estaría pensando para atreverse a engañar a su propia madre?

Entonces pensó en lo que Lucy acababa de decirle sobre Bettina y de repente todo cobró sentido.

–¿Bettina y Evan estaban juntos?

Lucy se puso colorada.

–Oh, Dios mío… Otra vez me he ido de la lengua. Te ruego que me perdones por hablar más de la cuenta.

Celia le sonrió.

–No pasa nada. A las mujeres nos gusta saber ese tipo de cosas. Los hombres suelen ser muy cerrados al respecto, pero si se puede evitar una situación incómoda me gustaría saberlo todo.

Tal vez fuera de cabeza al infierno por mentir, pero se aseguraría de que Evan la precediera.

–Es agua pasada, no te preocupes por eso… Evan y Bettina estuvieron comprometidos durante mucho tiempo, pero no sé hasta qué punto Evan se tomaba en serio la relación. Bettina y Mitchell se enamoraron, y todo el mundo puede ver que hacen una pareja perfecta. El caso es que Evan no se lo tomó nada bien, y si yo no le hubiera suplicado que viniera a la boda, ni se le habría pasado por la cabeza asistir.

Sonrió y tocó a Celia en el brazo.

–Bettina me hizo creer que Evan no estaba con nadie porque aún no había superado su ruptura, pero que no quería decírmelo para no preocuparme. Me alegra ver que no es así. Por la forma en que te mira es obvio que está loco por ti. Nunca miró a Bettina de esa manera.

«Eres una imbécil, Celia». Deberían encerrar a las mujeres que se dejaran engañar por los hombres. Claro que en ese caso ella estaría condenada a cadena perpetua.

Sintió que Evan se acercaba y levantó la mirada sin disimular su ira. Evan tenía suerte de que su madre le hubiera causado tan buena impresión, porque de lo contrario lo habría acusado de ser un embustero y un sinvergüenza en el vestíbulo del hotel.

Su pobre madre no merecía ser humillada sólo por tener un hijo despreciable.

Evan la miró con suspicacia y se giró hacia su madre.

—Hablaremos mañana, ¿de acuerdo, mamá? Celia y yo hemos tenido un día muy ajetreado y nos gustaría cenar en nuestra habitación.

Lucy le dio una palmadita en la mejilla y se puso de puntillas para besarlo.

—Por supuesto, cariño. Os veré mañana para el ensayo —agarró la mano de Celia y la apretó con fuerza—. Ha sido un verdadero placer conocerte, Celia —le dijo, y se marchó con el padre de Evan en dirección al restaurante.

—Nos alojamos en el último piso —dijo Evan, señalando el ascensor.

Subieron en silencio, y la tensión que se respiraba era tan grande que Celia temió que el ascensor acabara estallando. Cuando se abrieron las puertas, salió al pasillo y miró a Evan.

—Mi llave —ordenó—. ¿Cuál es mi habitación?

Evan suspiró y señaló hacia el fondo.

—Estamos en la suite doble, al final del pasillo.

Celia se quedó boquiabierta, pero le agarró la

tarjeta y echó a andar por el pasillo. Ni loca compartiría una habitación con él. O se buscaba otro alojamiento o se iba a dormir con su hermano, con quien seguramente tendría mucho que hablar. De Bettina, por ejemplo.

Introdujo la tarjeta en la ranura y esperó a escuchar el clic para empujar la puerta. Entró y le cerró a Evan en las narices.

Los pies la estaban matando, estaba furiosa, hambrienta y tenía que pensar en la forma de salir de aquella maldita isla.

Se quitó los zapatos y se sentó en el sofá, junto a la mesa, con el teléfono y la guía del hotel. En recepción podrían arreglar su marcha.

El sonido de la puerta al abrirse la hizo ponerse en pie otra vez y lanzarle una mirada asesina a Evan, quien cerró la puerta tras él y le mostró otra tarjeta a modo de explicación. Parecía cansado y resignado.

—Oye, ya sé que estás enfadada pero…

—No te atrevas a adoptar esa actitud paternalista conmigo. No tienes ni idea de lo furiosa que estoy.

Evan respiró profundamente, se pasó una mano por el pelo y arrojó la chaqueta en el brazo del sofá.

—¡Fuera! —exclamó ella, apuntando hacia la puerta con un dedo tembloroso—. No voy a compartir la suite contigo. Me da igual cuántos dormitorios tenga.

—Necesito un trago —murmuró él.

El muy cretino no pensaba discutir con ella… Y por Dios que ella necesitaba discutir.

—No tenías intención de escuchar mis ideas, ¿verdad?

Él se detuvo de camino al minibar y se giró hacia ella con expresión de perplejidad.

–He sido una estúpida… No puedo creer que haya picado el anzuelo y que me hayas arrastrado hasta aquí con la excusa de que no tenías tiempo y bla, bla, bla. ¿Cómo he podido ser tan ingenua? ¿Cómo se puede ser tan idiota?

Él levantó una mano y dio un paso hacia ella.

–Celia…

–¡No te acerques a mí! –espetó ella. Estaba al borde de las lágrimas, pero ningún hombre volvería a hacerla llorar en su vida.

Tenía que recuperarse y comportarse como la profesional que era, por mucho que en esos momentos se sintiera de todo menos profesional.

–Para que lo sepas, he acabado con los hombres que intentan manipularme por culpa de mi aspecto. No puedo evitar ser como soy, pero eso no te da derecho a aprovecharte de mí ni a hacerte ideas equivocadas sobre mi persona. ¡Y tampoco te da el derecho a usarme para engañar a tu madre porque tu novia te humilló al abandonarte por tu hermano! Esas cosas pasan, ¿te enteras? Más te vale superarlo de una vez.

Evan le puso las manos en los hombros, la sujetó con firmeza para que no pudiera zafarse y la miró con una expresión sincera y decidida.

–Siéntate, Celia –le ordenó en voz baja.

Ella lo miró con incredulidad.

–Por favor.

Fue aquel «por favor» lo que derribó sus defensas. O tal vez el tono de cansancio de su voz. O el tenue brillo de sus ojos. O quizá ella fuera una idiota redomada que se merecía todo lo que le estaba pasando.

Se dejó caer en el sofá y él se sentó a su lado.

–Lo siento –le dijo–. No espero que me creas, pero te juro que mi intención no era ofenderte ni jugar contigo.

Ella lo miró de reojo y él suspiró antes de seguir hablando.

–Alguien te hizo mucho daño, ¿verdad?

Ella volvió a apartar la mirada, negándose a responder.

–Celia, mírame.

Esperó, imperturbable, hasta que ella cedió y lo miró.

–Admito que lo he estropeado todo, pero esperaba tener tiempo para hablarlo contigo antes de encontrarnos con mi familia.

Celia intentó controlar su ira. Evan quería que dialogaran como personas sensatas, cuando lo único que ella quería era partirle la cara y largarse de allí. Pero si lo hacía se quedaría sin habitación, y no era ella la que se merecía dormir en el pasillo.

–Lo primero que has de saber es que esto no tiene absolutamente nada que ver con los negocios. Si firmo un contrato con tu empresa será por tu valía profesional, no por tu aspecto ni nada por el estilo. ¿Está claro?

Ella tragó saliva.

–No se trata de mi aspecto, Evan. Tengo la sensación de haber sido una estúpida a la que has traído aquí con falsas promesas. Dímelo con sinceridad, ¿ya has firmado un contrato con Golden Gate Promotions?

Evan se tocó el cabello y cerró los ojos.

—Estás enfadada, de acuerdo. Tienes todo el derecho a estarlo. Pero ¿podrías escuchar lo que tengo que decirte, por favor? Si después de oírlo quieres marcharte, yo mismo te llevaré al aeropuerto y nunca más volverás a saber de mí.

—Sabes muy bien que no me queda otra opción que escucharte —murmuró ella.

—Intentaré ser lo más breve y conciso posible.

Ella asintió.

—Yo no quería venir a esta boda. Me da igual si son felices o no, y no tenía el menor interés en darles la enhorabuena y desearles lo mejor. Pero entonces mi madre me llamó y me suplicó que viniera. Estaba convencida de que no quería asistir a la boda porque no había superado lo de Bettina, y sufría por mí. Mi madre tiene un corazón de oro, pero si de verdad me conociera sabría que Bettina dejó de significar algo para mí en cuanto me dejó para irse con otro más rico que yo.

—Es una acusación muy seria —murmuró Celia.

—¿Eso te parece? Sólo estoy diciendo la verdad. Bettina es una mujer fría y calculadora. Sopesó sus opciones y concluyó que Mitchell era mejor partido que yo por suceder a mi padre en el negocio de joyas de la familia. Para ella representaba una vida de más lujo y glamour… Me habría encantado ver su cara cuando descubrió la equivocación que·había cometido.

—¿Y dices que no eres rencoroso? —preguntó Celia con una mueca.

Evan soltó una breve carcajada.

—No albergo el menor sentimiento por esa mujer y no lamentó en absoluto que haya salido de mi vida, pero es una persona cruel y egoísta y no me importa verla sufrir por la decisión que tomó.

—Así que tu madre no cree que lo hayas superado… ¿Por eso me has traído aquí y has montado esta farsa? Me parece algo despreciable por tu parte, porque tu madre me ha causado muy buena impresión y me siento como si fuera escoria por engañarla.

—A eso voy. Estaba tan furioso por dejar que mi madre me convenciera para venir a la boda que le dije que iba a traer a alguien. Mi propósito era buscar a alguna mujer con la que hubiera salido antes, pero entonces me acordé de que había quedado contigo el viernes y que esa reunión era de vital importancia para ti. Me pareció que la solución más lógica era combinar los dos compromisos y traerte conmigo. No te mentí al decir que necesitaba apresurar el asunto de la publicidad. He perdido un tiempo precioso escuchando las ofertas de otros publicistas y quiero zanjar la cuestión de una vez.

—Sigo viendo un «pero» —murmuró ella.

—Sí… Bettina vino a verme a la oficina. Estaba muy indignada por mi intención de ir acompañado a su boda. Está convencida de que sigo pensando en ella, y me acusó de ser un embustero y de querer restarle protagonismo.

Celia no pudo evitar reírse.

—¿Qué te hace tanta gracia?

—¡Te acusó de hacer exactamente lo que estás haciendo! Tú me dirás si no es para reírse…

Él pareció avergonzarse.

—Vale, está bien. Soy un hombre inmaduro y

egoísta y tengo el ego por los suelos. Pensé en darle un poco de su propia medicina al presentarme en su boda con una mujer hermosa y despampanante. Y si te hice pasar por mi novia, con anillo incluido, fue porque me pareció la mejor manera de que me dejasen en paz.

Celia se estremeció de emoción y cerró los ojos. Al menos Evan estaba siendo sincero.

–Celia, mírame, por favor.

Ella obedeció y clavó la mirada en sus brillantes ojos verdes. Parecía ansioso y preocupado.

–Te juro que no quería hacerte daño. Pero no creí que aceptaras hacerme este favor si te lo pedía directamente, ni siquiera con la promesa de escuchar tus ideas.

–De modo que me trajiste engañada y me tendiste una trampa.

–No era así como lo tenía planeado. Esperaba cenar contigo tranquilamente y pedirte, como favor personal, que te hicieras pasar por mi novia durante el fin de semana. Pero todo se precipitó cuando nos encontramos con mis padres en recepción.

Le puso la mano sobre la suya y Celia no intentó retirarla. Debería hacerlo. Debería estar ya de camino a San Francisco y llamando a Brock para informarlo de que renunciaba a su objetivo.

Apretó los labios e intentó reordenar sus caóticos pensamientos.

–Así que quieres que me haga pasar por tu novia… –levantó la mano para que el diamante reflejara la luz–. Con un precioso anillo de compromiso… ¿Qué pasará después de la boda?

Evan se encogió de hombros.

–Después de la boda volveremos a San Francisco y cada uno seguirá su camino. Nadie se enterará de nada, hasta que un día mi madre me llame y yo le diga «oh, por cierto, Celia y yo lo hemos dejado». Así de fácil.

Ella sacudió la cabeza.

–¿Todo esto por no poder soportar que tu ex novia crea que sigues pensando en ella?

Evan frunció el ceño.

–No, no sólo por eso. Además, ya hemos dicho que soy un hombre egoísta e inmaduro.

–Pobrecito... –le dio una palmadita en el brazo y se rió al ver su expresión de disgusto–. No me puedo creer que esté pensando en hacerlo.

Los ojos de Evan brillaron peligrosamente.

–Pero así es.

–Sí, maldita sea. Tengo debilidad por los hombres egoístas e inmaduros. Pero tenemos que fijar algunas reglas.

–Claro –dijo él, muy serio.

–Mi reputación lo es todo para mí, Evan. No quiero que nadie piense que he conseguido este contrato por acostarme contigo.

Un destello de algo sospechosamente parecido al deseo ardió en sus ojos, pero Evan parpadeó rápidamente y adoptó una expresión más seria.

–Este favor que te pido no tiene nada que ver con los negocios. Si no me gustan tus ideas volverás a casa sin un contrato con Reese Enterprises, así de simple. Que te hagas pasar por mi novia sólo te hace merecedora de mi gratitud, nada más. ¿Te ha quedado claro?

–Como el agua –dijo ella–. Dime una cosa, Evan...

Si me niego a hacerme pasar por tu novia, ¿seguirás dispuesto a escuchar mis ideas?

—Mi idea original era cenar aquí contigo, exponerte mi plan y suplicarte que me ayudaras. Fuera cual fuera tu respuesta, mañana por la mañana tendríamos la reunión de trabajo prometida. Aunque confío en que luego quieras representar tu papel delante de mi hermano y su malvada y codiciosa novia. Como verás, una cosa no tiene que ver con la otra.

—Eres perverso, y no sé por qué me gusta tanto.

Él sonrió.

—Tu mente es tan diabólica como la mía. Asúmelo.

—La verdad es que envidio esa falta de escrúpulos para vengarte de los que osan atacarte. Me habría venido muy bien en el pasado.

—¿Qué te ocurrió, Celia?

Ella se ruborizó y apartó la mirada.

—Nada importante… Forma parte del pasado.

—Muy bien. Pero espero que algún día me lo cuentes.

—No tenemos tanta confianza.

—No, no la tenemos —admitió él—. Aún no.

Celia levantó la mirada, pero la expresión de Evan no delataba sus pensamientos. Tragó saliva y confió en no estar cometiendo un grave error.

—Te preocupa la posición en la que te he dejado —dijo él—. Pero míralo de este modo: si mañana no me gustan tus ideas, ¿quién me asegura que no me dejarás plantado en la boda? Tal y como yo lo veo, eres tú quien está en la posición más ventajosa.

—También podrías decirme que te gustan mis

ideas para conseguir que me quedara el tiempo suficiente –señaló ella–. Y luego olvidarte de mí en cuanto volvamos a San Francisco.

Él asintió.

–Es una posibilidad real. Parece que tendremos que confiar el uno en el otro.

Celia bajó la mirada a su mano, que seguía cubierta por la de Evan. El calor de sus dedos se propagaba por el brazo y el pecho.

Le gustaba aquel hombre. Le gustaba de verdad. A pesar del engaño que había tramado, le parecía una persona noble y sincera.

El anillo relucía en su dedo. Por un momento se permitió imaginar cómo sería si todo aquello fuera real. Pero enseguida se reprendió mentalmente por pensar esas cosas.

Tenía un trabajo que hacer. Debía impresionar a Evan con su creatividad y determinación. Y podía hacerlo, aunque para ello tuviera que hacerle un favor personal. Demasiadas personas dependían de ella.

Se sentía ridícula y estaba segura de que lo mismo le pasaba a Evan, pero no era quién para cuestionar sus motivos. Por alguna razón, Evan no quería que su hermano y su novia lo vieran sufrir. Y Celia podía entenderlo. Ella preferiría morir antes de que su antiguo jefe y la esposa de éste supieran cómo la habían destruido.

–De acuerdo, Evan. Lo haré.

Una mezcla de triunfo y alivio iluminó los ojos de Evan.

–Gracias por no haberme tirado un cenicero a la cabeza y por no marcharte. Y sobre todo, gracias por no haberme delatado delante de mi familia. No merezco tanto después de la forma en que te he tratado. Pero te juro que no era así como pensaba hacerlo.

—¿Podríamos olvidarnos del asunto por ahora y comer? Me muero de hambre. Después podrás decirme todo lo que necesito saber sobre tu familia, sobre cómo nos conocimos, cuándo te declaraste… Esas cosas.

Evan se inclinó hacia ella, le puso una mano en la barbilla y la hizo girarse hacia él. Sus labios quedaron peligrosamente cerca y Celia tragó saliva con nerviosismo, preguntándose si iba a besarla. Y también se preguntó si ella se lo permitiría. O si lo besaría a su vez.

—Gracias —murmuró él.

Se apartó lentamente y a Celia le invadió una extraña decepción.

Capítulo Siete

Evan miró a Celia, sentada de costado en el sofá, apoyada en el reposabrazos y con las rodillas dobladas. Después de su arrebato inicial, parecía haberse calmado por completo e incluso había aceptado la disparatada propuesta que él le planteaba. Era una mujer extraordinaria y a Evan le gustaba cada vez más, y no sólo sexualmente.

Si fuera inteligente, interpretaría aquella atracción como una advertencia para mantenerse alejado de Celia. Pero Evan nunca había presumido de ser tan listo.

Celia se había puesto un pantalón de chándal y una sudadera de los Tide de San Francisco. También se había quitado los zapatos y las uñas de sus pies, pintadas de rosa, provocaban peligrosamente a Evan. Hasta sus pies lo atraían de manera irresistible...

Definitivamente se estaba volviendo loco. Hasta ese momento jamás se había fijado en los pies de una mujer.

Celia acabó su plato y lo dejó en la mesa con un suspiro de placer.

—He comido tanto que no cabré en el vestido que he traído para la boda.

A Evan no le importaría en absoluto que se olvidaran de la boda y se quedaran en la cama, donde la ropa no tenía la menor importancia… Se removió en el asiento y se preguntó por décima vez por qué se empeñaba en torturarse a sí mismo.

–Dime una cosa, Evan –le pidió ella mientras se recostaba en el sofá y metía los pies bajo un cojín–. ¿Por qué fundaste tu propio negocio en vez de unirte al de tu familia?

A Evan no lo sorprendió que supiera tanto sobre su vida. Era lógico que lo hubiera investigado a fondo. Aun así, no sabía hasta qué punto podía sincerarse con ella.

Sus miradas se encontraron y él sólo vio curiosidad en sus ojos, de manera que decidió que podía ser honesto.

–Por varias razones –dijo–. Las emociones no tienen cabida en los negocios, y aun así me sorprendí tomando decisiones emocionales.

Ella arqueó las cejas con asombro.

–Me sorprende que lo admitas. No es propio de tu imagen de ejecutivo implacable.

Él sonrió tristemente.

–No estaba de acuerdo con la forma que tenía mi padre de llevar el negocio. La empresa adolecía de graves problemas y él se negaba a admitirlo. No veía motivo para cambiar algo que había funcionado bien durante muchos años. La otra razón fue que… no me llevaba bien con él ni con Mitchell.

–No me digas –murmuró Celia con ironía.

–Ya sé que es difícil de creer –dijo él, riendo–. Podría decir muchas cosas de Mitchell, pero lo principal es que fue un niño mimado y caprichoso al que siempre se le dio todo hecho. Por eso considera que todo lo que se le antoja ha de ser suyo, sobre todo si es mío. Cada vez que yo conseguía algo por mi propio esfuerzo, él se empeñaba en quitármelo y no paraba de chillar hasta que nuestros padres se lo daban.

–Creo que empiezo a entender el asunto de la novia...

Evan asintió.

–Mitchell y Bettina no están enamorados. Mitchell sólo la deseaba porque yo estaba con ella. Y Bettina vio en Mitchell la garantía de una vida de lujos.

–¿Y qué había entre Bettina y tú? –le preguntó ella con voz amable–. ¿Tampoco había amor?

Él frunció los labios y soltó una larga exhalación.

–Ahí es donde me comporté como un cerdo.

–¿Un cerdo tú? ¿Me tomas el pelo?

–No hace falta que me lo restriegues por la cara –murmuró él–. Estoy admitiendo mis fallos.

–Continúa. Me muero por saber lo cerdo que eres.

Los ojos de Celia brillaban con malicia y regocijo. Lo único que Evan quería hacer era besarla, pero lo que hizo fue hablarle de cosas que nunca le contaría a una mujer con la que quisiera acostarse.

–Bettina no suponía ningún reto para mí. Cuando la conocí estaba dedicado por completo a mi trabajo, empeñado en llevar mi empresa a lo más alto. El éxito sobrepasaba mis expectativas más ambiciosas. Todo salía bien a una velocidad de vértigo. Lo único que me faltaba para completar el ideal de perfección era una mujer y una familia. Una casa en las afueras a la que volver tras un día de trabajo y donde mi mujer me estuviera esperando con la cena preparada, los niños bañados y modositos, el perro bien educado. Lo que quería, y sigo queriendo, es una mujer que me anteponga a todo.

Celia soltó una risita, se llevó a la mano a la boca y empezó a reírse a carcajadas.

–Me parece que te estás riendo de mí –observó él.

–¿Riéndome de ti? –se reía tanto que apenas podía hablar–. Dios mío, Evan… No te conformas con poco, ¿eh?

–Fue una bonita fantasía mientras duró –dijo él–. Miré a mi alrededor y allí estaba Bettina. No tenía tiempo para averiguar quién o cómo era mi ideal de mujer. Quería tener una vida perfecta y no estaba dispuesto a esperar. De modo que le pedí que se casara conmigo, ella dijo sí, yo le regalé un anillo y eso fue todo.

–Y, sin embargo, ahora estás aquí, conmigo, la novia impostora…

Él le lanzó una mirada feroz, pero sólo consiguió que ella siguiera riendo.

–Vale –dijo ella cuando consiguió calmarse–. ¿Qué ocurrió? Aparte de la intervención de Mitchell para robarte a tu novia.

–Bettina quería que nos casáramos enseguida y planeó una boda por todo lo alto. Me llenaba la oficina con folletos de viaje para la luna de miel e incluso tenía pensado los nombres de nuestros hijos.

–¿Y no era eso lo que esperabas de tu mujer perfecta?

–Así es. Salvo que me sorprendí a mí mismo echándome hacia atrás y poniendo excusas para aplazar la boda. Estaba siempre muy ocupado y había asuntos en el trabajo que requerían una atención inmediata. Antes de darme cuenta había pasado un año de noviazgo sin fijar la fecha de la boda, y otro año más. Sin embargo, yo estaba satisfecho con la situación.

–¿Nunca la quisiste? –le preguntó Celia tranquilamente.

–No –admitió él–. Nunca la quise. Por eso no puedo culparla por romper conmigo. Nuestro matrimonio habría sido un desastre en cuanto me hubiera dado cuenta de que la realidad no se correspondía con mi fantasía. Lo que no imaginaba era que Bettina me dejase por Mitchell, ni que Mitchell la codiciara por ser mía.

–Entiendo…

–Los sorprendí a los dos juntos en mi cama. Típico, ¿verdad? Lo triste es que me eché a reír, porque para mí no era más que el siguiente paso en una relación fracasada. Los eché de mi casa y me olvidé de ambos.

Celia lo miró con expresión pensativa.

–Entonces no te molestó que te engañara, sino… con quién te engañaba.

Evan asintió y se frotó la nuca para aliviar la tensión y la fatiga que le provocaba hablar del tema.

–Sí, ya sé que es absurdo. Podría haberme engañado con mi socio, mi vicepresidente o mi chófer, que a mí no me habría importado. Incluso le habría aumentado el sueldo al afortunado. Pero ¿mi hermano? No, eso era lo único que no podía perdonar.

–Bueno… si su relación se basa en lo que me has dicho, ya sufrirán bastante a largo plazo sin necesidad de que tú hagas nada.

Evan la miró fijamente.

—¿No vas a criticarme por albergar un rencor tan infantil?

Ella sonrió, y la mirada sincera de sus bonitos ojos verdes lo dejó sin aliento y sin palabras.

—No, claro que no. Yo también albergo rencores y no pienso perdonarlos en lo que me queda de vida. No puedo culparte por lo mismo.

—Oh, cuéntame. Me gusta ese rasgo de maldad despiadada...

Se lo dijo en tono jocoso, pero ella se puso seria y apartó la mirada. Evan lamentó haberla molestado. Por mucho que quisiera conocer sus secretos, más le apetecía verla reír y sonreír.

Se levantó para servir una copa de vino y se la ofreció a Celia sin decir palabra. Ella la aceptó con una ligera expresión de gratitud. Evan deseaba acariciarla y borrar la tensión de sus rasgos. Quería besar aquellos labios carnosos hasta dejarla sin respiración.

Se obligó a volver a su asiento. Los restos de la cena estaban esparcidos por la mesa y por el suelo, pero no le apetecía recogerlos en esos momentos. Los dos permanecieron sentados, tomando el vino en silencio mientras se hacía de noche, hasta que Evan no pudo aguantar más. Dejó la copa en la mesa y por un breve instante se miró las manos y se imaginó la piel de Celia bajo sus dedos. Entonces la miró y la encontró observándolo con un brillo de interés en los ojos. Ella tampoco era inmune a la atracción que existía entre ambos.

—¿Qué vamos a hacer, Celia?

Vio cómo tragaba saliva. Había entendido la pregunta, pero no le respondía.

–Te deseo tanto que no puedo soportarlo. Cada vez que te miro siento que se me nubla la vista y que se me acelera el corazón. No sé cómo convencerte de que nuestra relación laboral no tiene nada que ver con el deseo que siento por ti, pero la verdad es que me importa un bledo si te lo crees o no. Quiero acostarme contigo y estoy dispuesto a hacer lo que sea para conseguirlo.

Ella lo miró con los ojos muy abiertos y asustados. A Evan no le gustó nada aquella reacción. No quería que tuviese miedo de él.

–Tú también lo sientes… No lo niegues.

Ella asintió lentamente. Se llevó los dedos a la frente y los ocultó entre sus cabellos, pero él podía ver cómo le temblaba la mano y cómo volvía a tragar saliva.

–No puedo hacerlo, Evan –susurró–. Te ruego que no me lo pidas, porque es lo único que no puedo hacer. Si quieres que lo reconozca, de acuerdo. Yo también te deseo. Más de lo que nunca he deseado a otro hombre.

Una salvaje satisfacción se apoderó de él, y todo su cuerpo reaccionó intensamente a la declaración de Celia. Lo deseaba… Lo deseaba más que a nadie.

Ella se giró en el sofá y puso los pies en el suelo. Parecía abatida y desdichada, con los ojos cerrados y una mueca de remordimiento en el rostro.

Evan maldijo en voz alta, haciendo que Celia diese un respingo.

–Sea lo que sea lo que estés pensando, no me gusta –dijo él–. No puedo imaginar la culpa que arrastras contigo, pero te aseguro que no fueron tus armas femeninas las que me convencieron para escuchar tus ideas. Te he deseado desde el primer momento en que te vi. ¿Quieres saber cuándo fue, Celia? Vamos, pregúntamelo.

La desafió con la mirada, esperando y deseando que aceptara el reto.

–¿Cu-cuándo?

–En la recepción que se celebró en el Sutherland. Estabas con uno de tus clientes, Copeland, si no recuerdo mal. El magnate de los supermercados.

Celia se quedó boquiabierta.

–Pero tú aún seguías con la agencia Rencom.

–Así es. Te vi en la sala y sentí que me quedaba sin aire. ¿Quieres saber otro de mis pecados, Celia? En aquel momento seguía comprometido con Bettina. Fue una semana antes de encontrarla en la cama con Mitchell. Pero te deseaba tanto que nada podía importarme… Como verás, la atracción que siento por ti no tiene nada que ver con los negocios.

Mientras hablaba, se acercó al sofá hasta detenerse casi pegado a ella. Al instante se sintió embriagado por aquella fragancia exquisita y especial que sólo asociaba con Celia. Ella lo miraba con cautela y confusión, pero en sus verdes ojos ardía algo más… Deseo. Ella también lo deseaba.

–¿Quieres saber algo más? –murmuró él–. Estuve a punto de rechazar la opción de Maddox Communications. ¿Y sabes por qué? Porque no quería que los negocios se interpusieran entre tú y yo.

Estaba tan cerca que podía sentir el aliento que salía de sus labios y ver el movimiento de su garganta al tragar saliva. Deseaba aquella boca, que lo tentaba como un fruto prohibido.

—¿Qué… qué te hizo cambiar de opinión? –susurró ella.

—Soy perfectamente capaz de separar los negocios del placer.

—Evan… no podemos.

Cometió el grave error de ponerle la mano en el pecho y una corriente eléctrica los sacudió a ambos. Antes de que ella pudiera retirar la mano, él se la agarró y la sujetó entre los dos cuerpos.

—Sólo un beso, Celia. Un beso y nada más… Tengo que besarte, es todo lo que te pido por ahora. Para el resto puedo esperar.

Sin esperar su consentimiento, cubrió la escasa distancia que los separaba y tomó posesión de sus apetitosos labios. Por fin… La dulzura de su boca le estalló en la lengua con una explosión de calor y sabor. Ella separó los labios para soltar un gemido y él se aprovechó para invadir y saquear hasta el último palmo de su boca. Ahogó los gemidos que brotaban de la garganta de Celia y le atrapó el labio inferior con los dientes para deleitarse con su suculento jugo. La lengua de Celia le salió al encuentro y lo tanteó con la punta, al principio con cautela, pero pronto estuvo besándolo con la misma intensidad con que él la devoraba.

Evan enterró las manos en sus cabellos. Le encantaba su pelo. Largo y exuberante, del color del crepúsculo en el desierto. La tentación era irresistible. Llevaba demasiado tiempo albergando la fantasía. Le quitó hábilmente una horquilla y la reluciente melena cayó sobre sus manos como una ola dorada. Evan acarició los mechones entre sus dedos, maravillado por su increíble suavidad.

Se estaba quedando sin aire, de modo que se apartó lo suficiente para respirar y volvió a besarla, empezando por la comisura de los labios. Las manos de Celia subieron por su pecho, dejando un reguero de fuego a su paso y prendiendo la llama del deseo por todo su cuerpo. Y eso que apenas era un roce…

Siguieron subiendo hasta rodearle el cuello y hundir los dedos en los cabellos. Evan se estremeció violentamente y tuvo que emplear toda su fuerza de voluntad para controlarse.

El cuerpo le pedía que se la echara a hombro, como un cavernícola, para llevarla a la cama, y allí arrancarle la ropa y pasarse toda la noche haciéndole el amor hasta que ambos quedaran sin fuerzas. Pero desde un rincón de su cabeza le llegó un grito de advertencia. Tenía que proceder con calma y cuidado, o de lo contrario podría perderla para siempre. Gracias a aquel atisbo de cordura, consiguió retirarse y apartar las manos de sus cabellos.

La mezcla de confusión y deseo que empañaba los ojos de Celia estuvo a punto de hacerle olvidar la cautela y seguir con su implacable seducción.

—Esto es lo que llevo queriendo hacer desde que te vi en una sala llena de gente hace seis meses. Y ahora, dime si tiene algo que ver con Maddox Communications y Reese Enterprises.

Ella se llevó la mano a la boca y lo miró con horror.

—Dios mío, Evan… ¿Qué vamos a hacer ahora?

Él sonrió y le apartó la mano de los labios hinchados.

—Lo que vamos a hacer es ocuparnos de tu proyecto mañana por la mañana. Y ya veremos lo que pasa después.

Capítulo Ocho

No había ninguna necesidad de poner el despertador. Celia no podía dormir. Tendida en la cama, con la vista fija en el techo, intentaba recuperarse de la conmoción que un simple beso le había producido.

No, aquel beso no había tenido nada de simple.

Su intención era repasar mentalmente la exposición que debía hacerle a Evan, pero sólo podía pensar en el beso y preguntarse cómo iban a mantener una relación estrictamente profesional.

Evan besaba maravillosamente bien.

Hacer el amor con él debía de ser una experiencia única en la vida.

Y lo peor de todo era que nunca podría comprobarlo.

Se giró y enterró la cara en la almohada. Estaba caminando por un terreno muy resbaladizo. Y encima tenía que compartir una suite con él... Debería haber insistido en tener habitaciones separadas, pero no sería una solución muy recomendable si querían convencer a la familia de Evan de que estaban felizmente comprometidos.

Una amistad. Sí, una amistad con Evan estaría bien. Podría hacerle aquel favor personal como una amiga. Y olvidarse para siempre del beso y de la intención de Evan de hacer el amor con ella.

Lo único que tenía que hacer era exponerle sus ideas, asistir con él a una cena de ensayo, a una boda y a un banquete y volver a casa sana y salva.

Se levantó de la cama para empezar a arreglarse. Evan había encargado que les sirvieran el desayuno a las ocho, y Celia quería tener tiempo suficiente para volver a repasar sus notas.

Se lavó y maquilló con esmero para ocultar los efectos de una noche en vela, pero sin ostentaciones. No se aplicó nada en los ojos, que eran su mejor rasgo, y se recogió el pelo hacia atrás, usando laca para evitar los mechones sueltos. No quería que nada la distrajera. No quería miradas ardientes. No quería verse ante la tentación de hacer una estupidez.

Al salir del dormitorio comprobó con alivio que Evan también estaba listo para los negocios y nada más. No la miró como si quisiera devorarla, y la invitó a sentarse frente a él junto a la mesa donde el desayuno ya estaba servido.

—Podemos desayunar a la vez que hablamos o comer primero y hablar después —le dijo cuando ella tomó asiento—. Tú decides.

—Podemos hablar mientras desayunamos —respondió ella—. No voy a usar diapositivas ni nada por el estilo, y espero que sea una conversación más que una presentación formal.

Él asintió.

—Muy bien. En ese caso… empecemos.

A Celia le costó unos minutos concentrarse en la tarea que tenía entre manos. Se trataba de su carrera y sabía que era muy buena en lo que hacía. No había llegado tan lejos acobardándose ante la adversidad.

–He estudiado tu última campaña publicitaria, y creo que estás dejando de lado un amplio sector de la población.

Él parpadeó un par de veces, dejó el tenedor en el plato y la miró a los ojos.

–Muy bien… Tienes toda mi atención.

–Quizá debería expresarlo de otra manera. Creo que no te estás dirigiendo a la audiencia apropiada. Y en consecuencia estás perdiendo grandes oportunidades –hizo una pausa para causar efecto y siguió hablando–. En estos momentos te centras exclusivamente en la gente aficionada al deporte. El hombre que sale a correr. La mujer que va al gimnasio. La persona que quiere mantenerse en forma. Los niños que practican algún deporte. Los miembros del club de tenis. Los amigos que juegan al baloncesto los fines de semana…

Evan asintió.

–Luego está esa gente que odia cualquier actividad física, como yo.

Él emitió un sonido de desdén y le recorrió el cuerpo con la mirada, pero ella lo ignoró y siguió hablando.

–Esa gente no hace deporte, pero le gusta verlo. Tienen sus equipos y jugadores favoritos, y muchos no se pierden ni un partido. Esta gente comprará tu ropa deportiva no porque sea la más cómoda para hacer deporte, sino porque quieren parecerse a sus ídolos. Quieren entrar en el mundo de los elegidos, y la única manera de hacerlo es vistiendo como ellos. Tu marca es el símbolo que necesitan.

Su entusiasmo iba creciendo con cada palabra, y

Evan le escuchaba sin mover un solo músculo. Lo tenía en el bote.

—Lo que te propongo es una campaña doble. Una, para el deportista que sólo vive para el deporte, obsesionado con ser el mejor y que no se quitará tu ropa ni para dormir.

Volvió a hacer una pausa para calibrar su respuesta. Evan estaba inclinado hacia delante y arrugaba la frente en un gesto de concentración.

—Y otra para los hombres, mujeres y niños que quieran lucir tus prendas y zapatillas deportivas porque los hacen sentirse atléticos sin mover un dedo. Les mostrarás la imagen sofisticada y a la última moda que pueden conseguir con tu ropa. Puede ser gente normal y corriente y aun así sentirse como una estrella gracias a la marca Reese Wear…

Los ojos de Evan brillaban de entusiasmo, pero su interés no tenía nada que ver con la atracción física. Los dos estaban pensando únicamente en los negocios. Era el momento de asestar el golpe de gracia.

—Y la persona idónea para dirigirse a los dos grupos, el hombre ideal para protagonizar los anuncios de una y otra clase, es Noah Hart.

Evan arqueó las cejas y se echó hacia atrás.

—Espera un momento… —dijo, y ella esperó, intentando ocultar su sonrisa. Aquélla iba a ser la parte más divertida—. ¿Me estás diciendo que puedes conseguirme a Noah Hart? —preguntó, pero ni siquiera esperó la respuesta—. Todas las empresas se lo llevan rifando desde que entró en la liga profesional de béisbol.

–Antes –recalcó ella–. Lo codiciaban desde que estaba en la universidad.

–Como sea. Lo que importa es que nunca ha prestado su imagen para una campaña publicitaria. ¿Qué te hace pensar que puedes conseguirlo?

–¿Y si te dijera que está dispuesto a hablar contigo?

–¿Lo dices en serio?

–Te costará caro.

–¡Pero merecerá la pena! –la miró con ojos entornados–. ¿Ya has hablado con él?

–Le he hablado de tu nueva campaña publicitaria…

–¿Y está interesado?

–Quiere hablar contigo, lo que significa que ya has superado su primer examen. Es un tipo difícil… Si lo consigues, no sólo tendrás una campaña sensacional, sino que pasarás a la historia como el hombre que contrató a Noah Hart.

–Quiero la exclusiva –dijo Evan rápidamente.

–Tendrás que pagar por ese privilegio –le advirtió Celia. No iba a decirle que, con exclusiva o sin ella, Noah no aceptaría trabajar con nadie más. A Noah no le interesaba el dinero.

–Muy bien, vamos a olvidarnos de Noah Hart por el momento. Me gustan tus ideas, Celia. No es que nunca haya pensado en el tipo normal y corriente, pero mis anuncios siempre iban dirigidos al atleta que todos llevamos dentro y que quiere triunfar.

–El atleta que no todos llevamos dentro –le recordó ella–. Mis ideas se basan en anuncios por televisión, Internet y prensa enfocados a todos los sectores de la población, desde el fanático de los deportes al ama de casa que solo quiere un buen par de zapatillas deportivas. Sería una campaña dirigida a jóvenes, adultos y jubilados.

Evan asintió.

–Me gusta… ¿Cuándo puedes tener lista una presentación? Como ya te he dicho, quiero hacer esta campaña cuanto antes, pero no me importa esperar un poco si puedes garantizarme un resultado mejor.

–Dime cuándo puedes reunirte con el equipo de Maddox Communications y yo me encargaré de todo.

–¿Y Noah Hart?

–Me ocuparé de él en cuanto volvamos a San Francisco.

–En ese caso, creo que el contrato será tuyo, Celia. Estoy impresionado con tus ideas. Si tu presentación es igual de impactante, mi empresa no se lo pensará dos veces.

Celia tenía plena confianza en sus habilidades profesionales, pero aun así se estremeció de emoción al ver el entusiasmo de Evan. Adoptó una postura serena y le dio las gracias con una sonrisa cortés, pero por dentro era un manojo de nervios.

–Tienes que contarme cómo has conseguido convencer a Noah Hart –dijo Evan mientras apartaba su plato.

Celia reprimió el impulso de esbozar una amplia sonrisa.

–No puedo revelar mis secretos.

–Nadie lo había conseguido hasta ahora.

A Celia le encantaba tener aquel as bajo la manga, pero por otro lado se sentía culpable por engañar a Evan. Al fin y al cabo, Noah Hart era su hermano mayor y haría cualquier cosa por ella.

–No cantes victoria aún –le advirtió–. Puede que sea demasiado caro para ti.

Los ojos de Evan brillaron de orgullo, muy seguro de sí mismo.

–Hay pocas cosas en la vida que estén fuera de mi alcance. Puede que no siempre quiera pagar el precio, pero eso no significa que no pueda permitírmelo.

Ella sonrió.

–Lo suponía. Por eso eres el único que puede llegar a un acuerdo con Noah Hart. De hecho, creo que os parecéis mucho.

Evan ladeó la cabeza hacia un lado.

–¿Tanto lo conoces?

Ella volvió a sonreír, pero afortunadamente el móvil de Evan la salvó de responder. Aún no estaba lista para confesarle a Evan la relación de parentesco que tenía con Noah.

Oyó que Evan pronunciaba su nombre y prestó atención a la conversación que mantenía por teléfono. Obviamente estaba hablando con su madre.

–Estaremos ahí esta tarde. A las cuatro en punto… Y la cena después, sí… Celia y yo vamos a comer en el puerto, pero nos encontraremos en el hotel a la hora del ensayo. Te lo prometo.

Acabó la llamada y suspiró profundamente mientras se guardaba el móvil en el bolsillo.

–Mi madre está convencida de que faltaré a la boda. ¿De dónde habrá sacado esa idea?

Lo dijo en un tono tan inocente que Celia se echó a reír.

Evan la imitó y los dos se olvidaron de los negocios una vez más.

Capítulo Nueve

El almuerzo en el puerto no llegó a tener lugar, porque al salir del hotel, se tropezaron con los padres de Evan y con Mitchell y Bettina. Lucy se alegró de verlos y sugirió que comieran todos juntos antes de hacer un ensayo informal en la terraza. A Celia le pareció curioso que hicieran un ensayo de la ceremonia con tan poca gente, pero comprendía la importancia de guardar las apariencias, ya que después tendrían un ensayo en condiciones, con cena y fiesta incluidas.

A Bettina no le hacía tanta gracia que Celia y Evan los acompañaran a comer, y Mitchell tampoco parecía muy contento. Al ocupar los asientos, Evan y Celia se encontraron frente a Bettina y Mitchell, con Lucy y Marshall sentados en los extremos de la mesa. En consecuencia, Celia tuvo que soportar de lleno la torva mirada de Bettina, quien no se molestaba en ocultar su desprecio.

Evan le agarró la mano por debajo de la mesa y se la apretó. Celia no supo distinguir si se trataba de una muestra de apoyo, compasión o agradecimiento, pero de todos modos se giró hacia él y le sonrió. Por un momento se mantuvieron la mirada y él le devolvió la sonrisa.

–Dime, Celia, ¿a qué te dedicas? Evan me ha dicho que vives en San Francisco. ¿Piensas mudarte cuando Evan y tú os caséis?

Celia miró sorprendida a Lucy. Era lógico que una madre hiciera ese tipo de preguntas, pero ella no estaba preparada para ellas. Ni para ninguna otra cosa...

–Celia es publicista –intervino Evan–. Aún no hemos discutido dónde viviremos cuando estemos casados. Su carrera es muy importante para ella, y no me gustaría que la abandonara.

Aquel hombre era una joya... Si Celia se casaba algún día, querría que fuera con alguien que dijera exactamente lo mismo que Evan acababa de decir. Y que lo dijera en serio.

Bettina hizo un gesto de desdén.

–Pero ¿no crees que el lugar de una mujer está en casa con los hijos? Pensarás tener hijos, ¿no?

Celia la miró con el ceño fruncido. Bettina debía de tener veintipocos años. ¿En qué estaría pensando Evan al comprometerse con una mujer mucho más joven que él?

–No creo que sea asunto tuyo si quiero tener hijos o no, y en cuanto al lugar que me corresponde, será aquél donde más feliz sea –declaró–. Dudo mucho que pudiera ser una buena esposa y madre si me quedara todo el día en casa.

Bettina la miró como si no pudiera creer lo que oía.

–Yo creo que una mujer no debe hacerle sombra a su marido. El papel de un hombre es mantener a su familia. A mí jamás se me ocurriría arrebatárselo.

–Cree lo que quieras, cielo. Avísame cuando tu marido decida que no quiere seguir manteniéndote y os abandona a ti y a tus hijos. Ya me dirás entonces qué es más importante, si depender exclusivamente de él para todo o ser capaz de valerte por ti misma para salir adelante. Y te aseguro que encontrar un buen trabajo te resultará bastante difícil si no tienes más experiencia que cambiar pañales y preparar la cena.

Evan ahogó una carcajada, a Lucy casi se le salieron los ojos de las órbitas, el rostro de Mitchell se puso verde y Bettina se quedó boquiabierta. En cuanto a Marshall, carraspeó ligeramente y miró a Celia con una expresión que parecía ser de respeto.

–Bien dicho, jovencita. Una mujer jamás debería depositar su bienestar y el de sus hijos en las manos de su marido, por muy sólida que sea la relación.

–¡Marshall! –exclamó Lucy, visiblemente escandalizada.

Evan se recostó en la silla y miró a su padre.

–Ya ves por qué estoy tan decidido a casarme con ella. Si mi empresa se queda en bancarrota, podré quedarme en casa y dejar que ella me mantenga.

Los dos hombres se echaron a reír y Evan le apretó la mano a Celia con más fuerza.

–¿Ya habéis fijado una fecha para la boda? –preguntó Mitchell, quien hasta el momento no había participado en la conversación.

Celia no quería que fuera Evan quien llevase todo el peso de la farsa, aunque en realidad le correspondiera a él. Se volvió hacia Mitchell y le sonrió.

–Acaba de convencerme para que me case con él. Lo hice esperar bastante y tuvo que pedírmelo varias veces…

Evan volvió a apretarle la mano, pero aquella vez fue un apretón que prometía represalias. Ella sonrió y siguió hablando.

–Finalmente acepté y acabé con su agonía. Evan quiere que nos casemos pronto y nos propuso que hiciéramos una escapada a Las Vegas para casarnos allí –lo dijo con la intención de humillar a Bettina, a quien Evan había mantenido esperando durante años–. Pero yo prefiero ir despacio y que nos demos tiempo para conocernos bien antes de formalizar nuestra unión.

Evan emitió un ruido ahogado y tomó un largo trago de vino, y Celia mantuvo una expresión muy seria mientras examinaba las reacciones de su familia.

Lucy parecía dubitativa. Bettina despedía un odio asesino por los ojos. La expresión de Mitchell era una extraña mezcla de tristeza y remordimiento. Y Marshall asentía con aprobación mientras le daba a Evan una palmada en la espalda.

–Me gusta tu novia, hijo. Es una mujer con agallas con la que merece la pena envejecer.

Genial. Acababa de ganarse la aprobación de su futuro suegro. Pero entonces miró a Evan y se sintió tremendamente culpable por llevar las cosas demasiado lejos. Evan se lo merecía, pero aun así se había pasado un poco.

Sorprendentemente, la expresión que vio en sus ojos no era de censura ni malestar. Todo lo contrario. Sus ojos parecían brillar con algo que Celia no se atrevía a analizar.

–Estoy absolutamente de acuerdo –murmuró–. Soy un hombre muy afortunado.

Evan mantuvo un brazo alrededor de la cintura de Celia mientras avanzaban por el salón de baile, donde un nutrido grupo de personas se había reunido tras la cena del ensayo. Había un grupo de música y varias parejas ya estaban bailando, los padres de Evan incluidos.

Lo que hacía con Celia era pura fachada, pero una parte de él quería que todos supieran que era suya. Nada le gustaría más en esos momentos que declarar públicamente que aquella mujer le pertenecía a él y a nadie más. Claro que si ella sospechara lo que estaba pensando, seguramente le propinaría un rodillazo en sus partes íntimas. La idea lo hizo sonreír y poner una mueca de dolor al mismo tiempo.

Cada vez que miraba a Bettina, se sentía invadido por una inmensa sensación de alivio y gratitud al pensar en lo cerca que había estado del desastre. Todo lo que en su día creyó anhelar le parecía ahora ridículo y superficial. Una mujer como Bettina no podría seducirlo durante mucho tiempo. No era el desafío que él necesitaba. Quería estar con una mujer inteligente, ambiciosa y decidida.

Una mujer como Celia.

Apretó los labios. La decisión que había tomado para contratar a Maddox Communications, decisión que aún no le había revelado a Celia, hacía del todo imposible que pudiera haber una relación íntima entre ellos. A él daba igual que Celia trabajase indirectamente para él, pero ella lo vería como un obstáculo insalvable.

–Si me sigues agarrando así alguien acabará llamando a la policía –le murmuró Celia.

Evan aflojó el brazo y se disculpó en voz baja.

–Vamos a bailar –sugirió ella–. Estás muy tenso, y así nadie va a creerse que estamos comprometidos y perdidamente enamorados el uno del otro…

–Tienes razón. Lo siento. Estaba distraído.

–Intentaré no tomármelo como una ofensa –bromeó ella.

Él se relajó de inmediato y dejó que Celia lo llevara a la pista de baile. La música era lenta y seductora y le ofreció la oportunidad perfecta para hacer lo que llevaba queriendo hacer todo el día: apretarla contra su cuerpo para sentir sus apetitosas curvas.

Apoyó la mejilla en su sien y empezó a girar lentamente al tiempo que bajaba una mano por su espalda y la cadera. Sintió cómo ella se tensaba y por un momento temió que fuera a rechazarlo, pero entonces se relajó con un suspiro y volvió a abrazarse a él.

–Hoy has estado fantástica –le dijo al oído–. Nunca creí que pudieras causarle una impresión tan favorable a mi padre. Normalmente es el típico machista y conservador.

–Se llevaría bien con mi familia. Mi padre y mis hermanos creen que mi único papel en la vida debería ser estar siempre guapa y dejar que ellos me cuidaran.

–Tengo que hacerte una confesión –dijo él con voz grave.

Ella lo miró con expresión divertida.

–Adelante… ¿Vas a revelarme tus secretos más inconfesables?

—¿No podrías mostrar un poco más de aprecio por la confianza que estoy depositando en ti? –se quejó él.

—Claro. Si te parece, batiré las pestañas en tu honor. Pero date prisa o se me correrá el maquillaje.

Evan sacudió la cabeza, riendo.

—Lo que quiero decirte es que, por mucho que aprecie y apruebe todo lo que has dicho, en mi interior también hay un cavernícola que entiende por qué tu familia quiere protegerte. Creo que si fueras mía, yo también querría hacer lo mismo.

Ella lo miró con la boca entreabierta y una extraña expresión en los ojos. No era indignación ni reproche, sino más bien interés. Y quizá algo más.

—Pues yo creo que si fueras mío, tal vez te permitiera hacerlo –le dijo con voz ronca.

A Evan se le tensaron todos los músculos. Subió la mano por la espalda de Celia y la agarró suavemente por la nuca. Sus miradas se encontraron y sostuvieron. Lo único que tenía que hacer era inclinar la cabeza, tan sólo un poco, y aquella boca sería suya…

Descendió lentamente la cabeza. Ella entornó los ojos y dejó escapar un débil suspiro anticipatorio.

—Evan, ya la has acaparado bastante…

La voz de su padre resonó en sus oídos y le hizo un dar un respingo hacia atrás.

—¿Me la prestas? –le preguntó su padre.

—Claro –respondió, cediéndole a Celia–. Pero no te la quedes mucho rato.

Marshall se echó a reír mientras se alejaba con ella.

–Un solo baile no te matará, hijo.

Evan se quedó observándolos. Celia se rió por algo que su padre le dijo y su sonrisa iluminó toda la sala. Era una mujer fascinante que brillaba con luz propia.

–Menuda mujer –comentó Mitchell.

Evan volvió a ponerse rígido, pero esa vez por la presencia de su hermano. Se giró y lo vio junto a él con una copa en la mano.

–¿Dónde está tu novia? –le preguntó–. No me digas que no quiere verte hasta la ceremonia…

–Está con mamá, hablando de la luna de miel –volvió a mirar a Celia y a su padre–. ¿De verdad vas a casarte con ella?

–¿Hay alguna razón por la que no debiera hacerlo?

–No parece tu tipo.

Evan miró a su hermano con curiosidad.

–¿Y cuál es mi tipo?

–Alguien como Bettina. Estabas loco por ella.

–Ya no lo estoy, como puedes ver.

–Entiendo por qué te atrae tanto –dijo Mitchell.

–¿Quién?

–Celia.

Los dos hombres miraron hacia Celia, que seguía bailando con Marshall.

–Es una mujer muy bonita –dijo Mitchell–. Seguro que es una salvaje en la cama.

Evan se giró amenazadoramente hacia su hermano.

–No vuelvas a pronunciar su nombre, ¿me has entendido?

Mitchell sonrió y levantó las manos en un gesto de rendición.

—Está bien, está bien, tranquilo. Sí que estás susceptible… No recuerdo que te enfadaras tanto cuando descubriste lo de Bettina.

Se marchó rápidamente y Evan volvió la vista hacia la pista de baile, furioso consigo mismo por dejar que su hermano lo provocara.

—Ah, aquí estás… —dijo otra voz familiar.

Evan suspiró con resignación cuando su madre lo agarró del brazo y lo llevó a presentarle a unas personas a las que no volvería a ver en la vida. Al cabo de unos minutos de insufrible cortesía, se giró en busca de Celia aprovechando que la canción había terminado.

Su padre se acercaba a ellos abriéndose camino entre la multitud, pero no había ni rastro de Celia. Evan frunció el ceño y recorrió la sala con la mirada hasta dar con ella.

Estaba bailando con Mitchell. No parecía muy entusiasmada, pero Mitchell sonreía de satisfacción mientras la agarraba posesivamente.

Una furia salvaje invadió a Evan. La situación con Bettina se repetía, sólo que esa vez sí que le importaba. Y le importaba porque se trataba de Celia. Su Celia.

Su hermano era una alimaña sin escrúpulos y Celia era perfectamente capaz de defenderse sola, pero Evan no podía tolerar un comportamiento semejante. Si dejó escapar a Bettina era porque nunca fue suya. Pero Celia sí lo era, aunque ella no lo reconociese.

Sin pararse a pensar en la imagen que podía dar, cruzó la pista de baile hacia ellos, agarró a Mitchell por el brazo y lo apartó con violencia de Celia.

—¿Pero qué pa...? —empezó a protestar Mitchell, pero la mirada de Evan lo hizo callar.

—Si nos disculpas, Mitchell. Creo que ya he pasado demasiado tiempo lejos de mi novia.

Celia miró horrorizada a los dos hermanos, pero no pronunció una sola palabra cuando Evan la sacó del salón de baile.

El depredador que había en él había despertado. Bajo ningún concepto se quedaría de brazos cruzados mientras su hermano se tomaba más libertades de la cuenta con lo que no le pertenecía.

Su único pensamiento era alejar lo más posible a Celia de todo el mundo. La llevó hasta el ascensor, la metió en el interior y en cuanto las puertas se cerraron la aprisionó contra la pared y la besó en la boca.

Fue como si de repente la mecha del deseo hubiera prendido y el fuego se propagara por todo su cuerpo. No la besó con suavidad ni ternura, sino con una pasión voraz que lo sorprendió a él mismo.

—Evan, ¿qué estás ha...? —preguntó ella al intentar tomar aire, pero la pregunta murió en un gemido de placer cuando él la besó en el cuello y le succionó con avidez el punto erógeno bajo la oreja.

Las puertas del ascensor se abrieron y, sin apartar la boca de su piel, la llevó por el pasillo hacia la suite.

Estaba ardiendo y no podía pensar. Un instinto animal lo acuciaba a poseerla y hacerle ver que era suya y de nadie más.

Celia lo miró con expresión aturdida cuando la apoyó contra la pared mientras buscaba la tarjeta para abrir la puerta. Le costó dos intentos conseguir introducirla correctamente. Sujetó la puerta con el pie y volvió a agarrar a Celia. Pero esa vez también ella lo agarró a él con el mismo deseo.

La ropa fue cayendo al suelo de camino al dormitorio de Evan, y cuando chocaron con la cama Celia estaba en ropa interior. Su conjunto de lencería rosa acentuaba las voluptuosas curvas de sus pechos y caderas. Los pechos sobresalían de las copas y podían apreciarse las aureolas a través de la delicada tela. La imagen lo volvía loco.

Sus manos se enredaron con las de Celia cuando los dos tiraron de sus pantalones hacia abajo al mismo tiempo.

–Celia… –apenas podía respirar para decir lo que quería decirle–. Me juré a mí mismo que cuando te hiciera el amor te estaría saboreando durante horas y horas, que antes de hacerlo te tocaría y besaría hasta el último palmo de tu cuerpo. Pero si no te penetro enseguida explotaré sin remedio.

–Hazlo –lo apremió ella con voz jadeante–. La próxima vez lo haremos despacio.

Capítulo Diez

Celia yacía bajo el cuerpo de Evan. Hasta el último palmo de su piel estaba cubierto por él. Su calor la penetraba, se filtraba en su carne y chisporroteaba en sus venas.

Lo deseaba con tanta fuerza que se sentía asustada y excitada por igual. Sabía que no debía hacerlo, pero también sabía que no podía negarse.

No habría reproches ni remordimientos. Celia conocía el riesgo que implicaba hacer el amor con Evan y lo aceptaba sin reservas.

–¿En qué piensas? –le preguntó él.

Ella levantó la mirada y lo vio apoyado en los brazos, con el cuerpo pegado al suyo y su rostro a escasos centímetros de distancia. Los ojos de Evan ardían de deseo, y el corazón de Celia respondió con un vuelco. Su voz era cálida y tranquilizadora, y la miraba como si fuera la única mujer con la que hubiera hecho el amor.

–Estaba pensando en que no deberíamos hacer esto –admitió ella.

–¿Pero…? –la acució él–. Porque hay un «pero», ¿verdad?

Lo dijo en un tono tan esperanzado que ella no pudo menos que sonreír.

–Pero no me importa. Aunque sí debería importarme. Debería estar de camino a San Francisco.

—¿Pero? –volvió a decir él.

—Pero aquí estoy, en tus brazos, y te deseo tanto que estoy dispuesta a correr el mayor riesgo de mi vida. No voy a mentirte… Tengo miedo de cometer una estupidez y…

Él la hizo callar con un dedo y un beso. Le mordisqueó ligeramente el labio y a continuación se lo lamió.

—Confía en mí, Celia. No voy a permitir que sufras por esto. Podemos hacer que funcione.

—¿Qué estás diciendo? –susurró ella.

—Que nos lo tomemos con calma. Bueno… después de haberlo hecho la primera vez –sonrió con picardía y se movió para que ella pudiera sentir su erección contra la ingle–. Podemos hacerlo, Celia. Los dos somos adultos y sabemos lo que queremos. No hay nada que no podamos solucionar juntos. Confía en mí.

Celia se sintió invadida por una dulce sensación de paz. Le rodeó el cuello con los brazos y tiró de él para besarlo.

Evan le pedía que confiara en él.

Hacía que pareciera muy sencillo, y tal vez lo fuese.

Le mordió el lóbulo de la oreja.

—Hazme el amor, Evan.

Él rodó sobre la cama hasta invertir sus posiciones y colocarla encima. Le quitó el sujetador y lo arrojó contra las cortinas de la ventana. Por unos segundos se quedó inmóvil, contemplándola, pero enseguida empezó a masajearle los pechos y a acariciarle los pezones. Cada roce de sus dedos prendía una llama en el interior de su cuerpo y avivaba el deseo de recibir más. La impaciencia de Evan también era la suya.

Y entonces él se incorporó y le atrapó un pezón con la boca, llevándola a la perdición. Celia echó la cabeza hacia atrás y cerró fuertemente los párpados mientras una ola de placer tras otra sacudían su cuerpo. A pesar de la impaciencia que apremiaba a Evan, su lengua y sus labios saboreaban sus pechos con una suavidad exquisita. Extendió las manos por su cintura y las llevó hacia abajo, hasta que sus dedos encontraron el elástico de las bragas. Dio un fuerte tirón y Celia oyó cómo se rasgaban.

—Te compraré otras —le prometió él mientras volvía a colocarla bajo su cuerpo.

—¿Otras qué?

—Otras bragas.

—Están sobrevaloradas —murmuró, haciéndolo reír.

—Totalmente de acuerdo.

—Hablando de ropa interior… Aún llevas la tuya.

Evan se apartó para quitarse los calzoncillos y siguió la mirada de Celia hacia su enorme miembro.

—¿Te gusta? —le preguntó con una pícara sonrisa.

Ella alargó los brazos y lo agarró con las dos manos.

—Me encanta…

Él le puso una mano sobre el brazo y la apretó.

—No puedo aguantar más, Celia…. Si no lo hacemos ahora habré acabado antes de empezar.

Ella se incorporó y le rodeó la nuca con una mano mientras con la otra le acariciaba la erección.

—Dijimos que dejaríamos las preliminares para luego, ¿no?

–Protección –gruñó él, y ella lo soltó para que pudiera buscar un preservativo en sus pantalones. Evan se dispuso a colocárselo, pero ella se lo quitó de la mano.

–Ven aquí.

–A tus órdenes, señorita –respondió él.

Celia se tumbó y él se sentó a horcajadas sobre sus caderas. Se sentía minúscula e indefensa bajo su imponente virilidad, pero cuando le desenrolló el látex a lo largo del miembro, un fuerte estremecimiento lo sacudió y el poder pasó a manos a Celia.

Él cayó hacia delante y apoyó las manos a ambos lados de su cabeza.

–No puedo esperar más…

–Adelante –lo apremió ella.

Evan le dedicó una radiante sonrisa y se inclinó para besarla mientras le separaba los muslos con la mano. Sin despegar la boca de la suya, apoyando el peso en el brazo izquierdo, se colocó de lado y empezó a explorar los dilatados labios de su sexo.

–Evan, por favor… Me estás matando. Si no te das prisa, no responderé de mí.

Él introdujo un dedo y, al comprobar con satisfacción que estaba húmeda y preparada para recibirlo, se colocó sobre ella y la penetró con su enorme y palpitante erección.

Ella se arqueó en el colchón y se aferró desesperadamente a sus hombros, clavándole las uñas en la carne hasta hacerlo sangrar.

La sensación era incomparable. Nunca se había sentido tan viva ni tan colmada como Evan la hacía sentir.

–Agárrate a mí –le ordenó él.

Era una orden innecesaria, pues lo único que podía hacer ella era agarrarse a él mientras aumentaba la fuerza de sus embestidas.

–Evan… –jadeó–, por favor…

Ni siquiera sabía qué estaba pidiéndole. Sólo sabía que se moriría sin remedio si no lo recibía. Su cuerpo estaba llegando al punto álgido. Sólo necesitaba que…

–¡Sí! –gritó ella–. Sí, sí, sí…

Sus gritos y jadeos resonaban en la habitación. Nunca había sentido una mezcla de dolor y placer semejante. La tensión aumentaba de manera imparable, hasta que su cuerpo no pudo seguir soportándola y estalló en mil pedazos.

Todo se volvió difuso a su alrededor. Parpadeó repetidamente, pero no consiguió aclarar los sentidos. Sólo era consciente de estar derritiéndose alrededor de Evan.

Él gritó su nombre y la apretó con tanta fuerza en sus brazos que no pudo ni respirar. Empujó una vez más en su interior y se derrumbó sobre ella, exhausto y sin aliento.

Ella aflojó las manos y dejó de aferrarle los hombros para empezar a acariciarlo. La piel de Evan estaba empapada de sudor y lo único que podía oír era cómo intentaba respirar contra su cuello. Permaneció pegada a él, ofreciéndose por entero, sin barreras ni reservas. Dos cuerpos fundidos en una unión que sobrepasaba los sentidos.

–Me has matado, Celia –dijo él.

Ella sonrió y siguió acariciándole la espalda, hasta que finalmente él se apartó, se quitó el preservativo y volvió a abrazarla para mirarla a los ojos.

–Ha sido increíble.

Ella le tocó los labios, fascinada por el tacto de su piel, los rasgos de su rostro y la suavidad de sus labios.

–Se parece mucho a la fantasía que tuve… –dijo él.

–Soy toda oídos.

Él le dio un ligero cachete en el trasero.

–Escucha con atención, mujer, porque un hombre no cuenta sus fantasías así como así.

Ella se rió.

–Mi primera fantasía era comerte durante un par de horas, hacerte el amor hasta hacerte perder el juicio y después poseerte como un salvaje.

–Parece que nos hemos salido un poco del guión.

Él le dio otro cachete y sacudió la cabeza.

–Así que mi nueva fantasía es hacerlo de una manera salvaje. Luego comerte durante… digamos una hora. Después volver a hacerlo a lo bestia. Más tarde, te colocarías encima de mí y harías lo que quisieras conmigo. Y después te pondrías a cuatro patas y…

Celia le puso una mano en la boca y se echó a reír

–Está bien, está bien. Me hago una idea. Eres insaciable, tú.

–Sólo contigo –le dijo él muy serio–. Eres la protagonista indiscutible de mis fantasías más atrevidas. Podrían arrestarme por algunas de ellas, porque no creo que sean legales en todos los estados.

–Por suerte para ti, California es muy progresista –murmuró ella.

El corazón le dio un vuelco. ¿Cómo era posible que respondiera a lo que Evan había dicho? Parecía tan sincero que a Celia le daba miedo incluso de pensarlo.

–¿Y qué me dices de ti? ¿Tienes alguna fantasía interesante conmigo?

Lo preguntó en un tono tan esperanzado que Celia no pudo evitar reírse. Agachó la cabeza y le rozó los músculos del pecho con la boca.

–Me gusta eso de comer…

–A mí también –corroboró Evan, y procedió a demostrárselo.

Era un hombre de palabra, porque durante la hora siguiente la estuvo volviendo loca con su boca y su lengua. No dejó ni un palmo de ella por saborear, y Celia sintió que la marcaba con su sello.

Era peligroso. Muy peligroso. Ella no se protegía de él, y peor aún, no quería hacerlo. Si quisiera, Evan podría avanzar hasta su corazón sin hallar ningún obstáculo.

Y tal vez ya lo hubiera hecho…

La posibilidad debería aterrorizarla, pero lo único que le provocaba era satisfacción, seguridad y placer.

Lo miró a los ojos y se vio a sí misma. A ambos. Los dos juntos, intrínsecamente unidos, mientras él avivaba el fuego que la consumía por dentro. El rostro de Evan reflejaba la tensión y el esfuerzo por contenerse. No iba a tener su orgasmo hasta que ella hubiera alcanzado el suyo.

–Evan…

Él la besó con fuerza.

–Dámelo… Entrégate a mí…

Sus palabras entrecortadas desataron un torrente de sensaciones ocultas en lo más profundo de su ser. Incapaz de contenerlas, se entregó a Evan en cuerpo y alma mientras el fuego de una pasión desmedida avivaba el placer hasta límites insospechados. Y con un gemido ahogado, Evan la siguió a la espiral de placer hasta que los dos orgasmos se hicieron uno y fue imposible distinguirlos.

Finalmente, Evan se dejó caer y ella lo recibió en sus brazos, ofreciéndole sus pechos como dos mullidos almohadones. Él la besó en un pezón, pero no se movió. Sus corazones latían a la par y ninguno de los dos intentó romper el silencio.

¿Qué podía decirse? No tenía palabras. Hablar sólo serviría para estropear las secuelas de una experiencia indescriptible.

Le pasó la mano por el pelo, revuelto y húmedo, y aspiró con deleite su olor masculino a sexo y sudor, embriagadoramente erótico.

—¿Pensarás muy mal de mí si te digo que ya estoy fantaseando con la parte en que te pones encima y haces conmigo lo que quieras? —murmuró él contra su pecho.

Ella sonrió.

—En cuanto recupere las fuerzas, veré lo que puedo hacer para cumplir esa fantasía…

Capítulo Once

Al despertarse en la cama junto a Evan no la invadieron los remordimientos como hubiera sido de esperar. Al contrario. Cuando abrió los ojos y vio el increíble cuerpo que la abrazaba, en vez de apartarlo y lamentarse por la estupidez cometida, se acurrucó más en sus brazos y se deleitó con cada instante de una deliciosa mañana compartida.

–Buenos días –la saludó él.

–Mmm.

Él se echó a reír y enseguida se apartó de ella.

–Maldita sea.

–No me gusta cómo ha sonado eso –murmuró ella–. Parece que se avecinan problemas.

Evan suspiró con pesar.

–Lo siento. Pero tenemos que levantarnos.

–¿Qué hora es?

–Mediodía.

Celia abrió los ojos del todo y se incorporó para mirar el reloj.

–¿Cómo es posible? ¡Nunca había dormido hasta el mediodía!

Él sonrió y tiró de ella hacia su pecho.

–Me alegro de haber contribuido a tu cansancio.

–Tan arrogante como siempre… Y ahora deja que me levante, o pareceré una indigente en la boda de tu hermano.

–Me gustan las indigentes…

Ella puso una mueca y consiguió zafarse de su abrazo.

–Vamos, levántate. Cuanto antes nos despidamos de tu hermano y su novia, antes podremos volver a casa.

Evan apartó las sábanas y ella estuvo a punto de gritar al ver cómo se levantaba de la cama completamente desnudo. Entonces se dio cuenta de que ella también estaba desnuda y corrió a encerrarse en el cuarto de baño, oyendo la risa de Evan.

Dos horas después, vestidos como mandaba la ocasión, se dirigieron a la terraza donde los novios pronunciarían sus votos. Antes de salir, Evan la rodeó por la cintura y la apretó contra su costado. Celia se estremeció de emoción, pero entonces recordó que sólo se trataba de una farsa. No podía ser tan estúpida como para olvidarlo.

Los momentos previos a la ceremonia se sucedían sin orden ni concierto. Todo el mundo se había congregado en la terraza con vistas a la bonita ensenada y hablaban ruidosamente entre ellos. Finalmente, el padre de Evan se acercó al arco de flores y levantó las manos para llamar la atención.

–Si son tan amables de ocupar sus asientos, podremos empezar.

Evan llevó a Celia a la primera fila, donde se sentaron junto a Lucy y Marshall. La mantuvo agarrada de la mano hasta que Bettina hizo su aparición, y entonces cambió su actitud. Aflojó los dedos con los que agarraba la mano de Celia hasta que ella acabó retirándola y posándola sobre el regazo. Evan no hizo el menor ademán de impedírselo.

Tenía la mirada fija en Bettina y su hermano, y era el único que no sonreía. Parecía una estatua de piedra, de rostro impenetrable e inexpresivo.

Lucy empezó a lanzarle miradas de reojo, por lo que también ella se había percatado de su reacción. A Celia la carcomía la duda. ¿Había Evan superado realmente el trauma o seguía enamorado de Bettina? Si había que creer en sus palabras, nunca había estado enamorado de ella. Pero… ¿acaso un hombre como Evan se enamoraba? Su relación con Bettina no podría definirse como romántica. Él había buscado a la mujer más apropiada para servir de esposa y madre y se había conformado con la primera candidata para el puesto.

Celia bajó la mirada al reluciente diamante que lucía en el dedo y puso una mueca.

¿Cómo había podido acabar en una situación semejante, ella, que siempre se enorgullecía de su sentido común?

A punto estuvo de resoplar con desdén. Con Evan no servía de nada el sentido común. Había sucumbido a la tentación prohibida nada más verlo.

Una duda la asaltó de repente. ¿Habría insistido tanto en conseguir a Evan como cliente si no hubiera estado tan fascinada por él? Tuvo que sofocar otro resoplido. La obsesión que sentía por Evan no podía describirse como mera fascinación. Y tampoco como simple atracción. Las emociones que sentía cuando estaba con él eran demasiado intensas como para ser definidas.

Gracias a Dios muy pronto regresarían a casa y ella podría recuperar la objetividad. Aquel juego era demasiado peligroso. Si no acababa inmediatamente estaría perdida para siempre. Porque… ¿cómo iba a explicárselo a su jefe, quien había dejado en sus manos el destino de la empresa?

La ceremonia acabó y Evan volvió a sonreírle, disipando todas sus dudas e inquietudes. De nuevo era el hombre atento y seductor al que le bastaba con tocarla para enloquecerla de deseo.

–Vamos a divertirnos un poco –le susurró al oído al entrar en el hotel–. Tú y yo, y un baile atrevido…

Ella se echó a reír. Con Evan desplegando sus encantos, era difícil recordar los motivos por los que debería guardar las distancias. Le apretó la mano y se dejó guiar por él. Aquella atracción podía ser absurda y arriesgada, pero sólo le quedaban unas pocas horas antes de volver a la realidad y estaba dispuesta a disfrutarlas al máximo.

Bailaron al ritmo de las canciones lentas y sensuales, y también interpretaron algunos números más animados. Evan demostró ser sorprendentemente ágil mientras le hacía dar vueltas por la pista de baile. Hasta ese momento, Celia no se lo había imaginado bailando otra cosa que un rígido vals o meciéndose lentamente en medio de la pista.

Se tomaron un descanso y Evan fue a buscar algo de beber para ambos. Apenas se había alejado unos pasos cuando apareció Lucy, cuyo rostro resplandecía.

–¡Celia! Me alegro de encontrarte antes de que Evan te vuelva a acaparar para él solo.

Celia sonrió afectuosamente a la madre de Evan, quien le dio un cálido apretón en la mano.

–Te agradezco mucho que hayas venido. Es evidente que estáis muy enamorados…

Celia tuvo que reprimirse para no reaccionar. ¿Evidente, decía? ¿Cómo era posible? Tal vez fuera evidente que se deseaban, pero ¿enamorados? Evan se quedaría horrorizado si supiera que la farsa había surtido más efecto del previsto. No había nada como los rumores sobre el amor para ahuyentar a los hombres. Y un hombre como Evan debía de tener muchas mujeres para elegir.

Sin embargo, la había elegido a ella para acompañarlo a la boda…

Negocios, se recordó a sí misma. No eran más que negocios.

—Hacéis muy buena pareja —dijo Lucy—. Espero que os caséis muy pronto y que no lo hagas esperar, por mucho que se lo merezca. Quiero que sea feliz.

—Seguro que entre los dos encontraremos la mejor fecha posible —dijo Celia diplomáticamente.

Lucy volvió a apretarle la mano y de repente Celia se encontró rodeada por sus brazos.

—Es una bendición tenerte aquí, Celia. Estaré impaciente por volver a verte.

Se retiró con una amplia sonrisa y Celia se quedó con la sensación de ser una mujer despreciable. Lucy no se merecía que la engañaran de aquel modo.

—Oh, mira, ahí está Evan con tu bebida. Me voy para dejar que os divirtáis…

Le lanzó un beso a Evan y desapareció entre los invitados.

—¿De qué hablabais? —preguntó él mientras le tendía una copa de vino.

—Me estaba diciendo lo feliz que es por nuestro compromiso.

–Eso explica la expresión de remordimiento de tus ojos…

La rodeó con un brazo y la apretó contra él para besarla. Celia se quedó tan desconcertada por el atrevimiento que mostraba en público que por unos instantes no supo cómo reaccionar. El deseo volvió a prender dentro de ella y se propagó en una corriente de fuego líquido por todo su cuerpo. Volvía a estar indefensa ante Evan, quien sólo tenía que besarla para arrebatarle el juicio.

–Podemos dejar la habitación muy tarde –le susurró él–. Mi avión sale cuando estemos listos. ¿Qué te parece si volvemos a la habitación para aprovecharla?

No, de eso nada. Tenían que volver a casa. Aquel fin de semana tenía que acabar para que ella pudiera recuperar la cordura.

–Sí.

El avión de Evan aterrizó en San Francisco al filo de la medianoche. Él la ayudó a bajar por la escalerilla y permaneció pegado a ella mientras esperaban el coche.

Le acarició la mejilla y le apartó un mechón suelto. Celia sabía que tenía un aspecto horrible, como resultado de las horas que habían pasado abandonándose al placer. Habían hecho el amor más veces de las que podía recordar, y habían salido del hotel como si fueran dos amantes furtivos que volvían con sus respectivas parejas después de un tórrido fin de semana.

Sacudió la cabeza para borrar aquella idea. No

había nada de deshonesto en la aventura que había mantenido con Evan. Una cosa era el placer y otra los negocios.

—¿Estás segura de que no quieres que te acompañe a casa? –le preguntó Evan.

La miró a ella y después al coche, que se había detenido a un metro de ellos.

—No, tú tienes que volar hasta Seattle y ya es muy tarde. Estaré bien, no te preocupes. Tu chófer se ocupará de que llegue a casa sana y salva.

Él pareció disponerse a insistir, pero ella levantó una mano. El diamante reflejó las luces del coche. Lentamente, se quitó el anillo y lo puso en la palma de Evan.

—Ya no voy a necesitar esto –le dijo.

Él frunció el ceño mientras observaba la sortija.

Aquello no era una ruptura de verdad y era absurdo sentirlo como si lo fuera, pero aun así Celia tuvo que refrenar el impulso de recuperar el anillo y volver a ponérselo en el dedo.

En vez de eso, se puso de puntillas y lo besó en la mejilla.

—Adiós, Evan. Que tengas un buen vuelo.

Se dio la vuelta y se metió en el coche. Mientras se alejaba, vio a Evan inmóvil donde lo había dejado, apretando el anillo en el puño. Se miraron el uno al otro a través de la ventanilla hasta que finalmente lo perdió de vista.

Capítulo Doce

Evan se metió la mano en el bolsillo y tocó el anillo que Celia le había devuelto la noche anterior. Lo sacó y lo sostuvo en la palma, contemplando los destellos que despedía el diamante. Al cabo de un largo rato, cerró el puño y volvió a guardárselo en el bolsillo al tiempo que su chófer se detenía frente a las oficinas de Maddox Communications.

Celia no lo esperaba. Ni siquiera él esperaba encontrarse allí. Debería estar volando de regreso a Seattle, donde lo aguardaba un gran número de asuntos pendientes. Tenía que hablar con su equipo acerca de Noah Hart, diseñar una estrategia y preparar una buena oferta.

Y, sin embargo, allí estaba, frente al edificio donde trabajaba Celia. El único motivo era que quería volver a verla. Y no para hablar de negocios.

Le ordenó al chófer que buscara un lugar para aparcar y que volviera a buscarlo cuando lo llamara por teléfono. A continuación, entró en el imponente edificio y subió en el ascensor a la sexta planta.

El estilo moderno y acogedor de las oficinas le produjo una grata impresión. Dos grandes pantallas de plasma, una a cada lado del mostrador de recepción, emitían los últimos anuncios producidos por Maddox Communications. Tras la mesa, una joven de expresión alegre le dedicó una cálida sonrisa.

–Buenos días y sea bienvenido a Maddox Communications.

Evan le devolvió la sonrisa.

–¿Puede decirle a Celia Taylor que Evan Reese ha venido a verla?

La sorpresa que se reflejó en los ojos de la joven insinuaba que sabía muy bien quién era Evan. Recuperó rápidamente la compostura y se levantó para rodear la mesa.

–Si es tan amable de esperar un momento, iré a avisarla –dijo, señalándole los sofás de la zona de espera–. ¿Le apetece un café?

–No, gracias.

La chica se alejó por el pasillo y Evan se acercó a la ventana en lugar de sentarse. Si se salía con la suya, no estaría allí mucho tiempo…

Unos momentos después, oyó unos tacones tras él y se volvió para ver a Celia, quien se acercaba con una expresión de suspicacia en los ojos.

–Evan –lo saludó–. No esperaba verte. Creía que habías vuelto a Seattle. ¿Ha ocurrido algo?

A Evan le molestó que adoptara su faceta más fría y profesional después del fin de semana que habían compartido. Debería ser él quien se apartara y quien dejara de pensar en ella. Pero no había sido así. Y por eso estaba en la oficina de Celia, buscando cualquier excusa para haber ido a verla.

–No, nada. He cambiado de planes y pensé que podíamos comer juntos. Si tienes tiempo, claro.

Ella miró su reloj, pero sus movimientos bruscos y nerviosos delataban que estaba buscando alguna excusa para negarse.

–Me gustaría mucho comer contigo, Celia.

Vio cómo arrugaba la frente y se mordía el labio y decidió aprovecharse de su indecisión. Se adelantó hacia ella y la agarró por el brazo antes de que pudiera retroceder.

Los ojos de Celia se llenaron de pánico; se zafó con violencia y se apartó rápidamente mientras miraba a su alrededor.

–Por amor de Dios, Evan… Aquí no –susurró.

Se llevó una temblorosa mano al pelo, pero en vez de asegurarse el recogido sólo consiguió soltar más mechones, que cayeron sobre su esbelto cuello y le recordaron a Evan los mordiscos que había dado a aquella carne dulce y jugosa.

Arqueó una ceja ante el tajante rechazo de Celia, pero mantuvo las distancias.

–¿Y qué me dices del almuerzo?

–Está bien. Voy a por mi bolso. Nos veremos abajo.

A Evan no le hacía ninguna gracia que le parase los pies. Normalmente era él quien marcaba el ritmo en sus relaciones con las mujeres.

¿Y desde cuándo pensaba en aquella aventura como una relación? Lo único que debería preocuparlo era cómo volver a llevarse a Celia a la cama y saciar de una vez por todas el deseo que no lo dejaba vivir en paz.

–De acuerdo –aceptó–. Llamaré a mi chófer y te esperaré abajo. Ah, por cierto, Celia… No me gusta que me hagan esperar.

Ella se dio la vuelta y se alejó antes de que explotara. Ojalá pudiera echarle la culpa a su rabia y a la arrogancia de Evan, pero el caso era que se había llevado la sorpresa de su vida cuando Shelby entró como una exhalación en su despacho para decirle que Evan Reese estaba allí y que quería verla.

La emoción que fluía por sus venas la hacía estar furiosa consigo misma. Y luego estaba la presunción de Evan, convencido de que ella lo dejaría todo para comer con él y que permitía que lo hicieran esperar... ¿Quién demonios se creía que era?

Suspiró y agarró su bolso. ¿Por dónde empezar? Era un cliente importante. El más importante de toda su carrera. Ella se había hecho pasar por su novia y se había acostado con él.

Las mejillas le ardieron al recordar el sexo que habían tenido juntos. Habían llevado a la práctica todas las fantasías de Evan, y también algunas suyas. Los dos eran insaciables.

Había confiado en tener unos días para recuperarse del fin de semana antes de volver a verlo. En su ofuscación actual, ni siquiera le había comentado a Evan el inicio de la temporada.

Era una excusa tan buena como cualquier otra para comer con él. Al menos así podría fingir que su relación era estrictamente profesional.

Evan la estaba esperando en la acera, con una mano apoyada en la puerta abierta del coche y la otra metida en el bolsillo. Ofrecía una imagen autoritaria y arrogante, como si el mundo le perteneciera.

Asintió al verla y la hizo subir al coche. Él se sentó junto a ella y cerró la puerta.

—He pensado que podríamos comer en un restaurante que conozco al otro lado de la ciudad. Es pequeño y discreto, pero la comida es excelente y podremos tener intimidad.

La miró como si la última frase fuera un desafío. Ella le mantuvo la mirada y esperó mostrarse mucho más serena de lo que realmente se sentía.

–¿Es una comida de trabajo, Evan? Porque de otro modo no sé por qué has venido a verme a la oficina.

Él apretó los labios un instante, pero enseguida se relajó y la miró con expresión divertida.

–Nos hemos acostado, Celia. No creo que comer juntos sea algo tan escandaloso.

Ella apretó los puños y se tragó un gemido de consternación. Evan no entendería por qué era tan importante para ella guardar las apariencias. Era un hombre que no se dejaba influir por las opiniones ajenas, todo lo contrario a ella. Celia odiaba aquella debilidad de su carácter, pero no podía evitarlo.

–Evan… –la voz se le quebró nada más abrir la boca. Se sentía estúpida y patética. Nunca tenía problemas para hablar con franqueza, incluso si tenía que ser dura. Pero con Evan se quedaba sin palabras.

–¿Sí? –la acució él con una sonrisa, como si todo aquello le pareciera muy divertido.

A ella, en cambio, no le hacía ninguna gracia.

–No podemos hacer esto. No podemos y ya está. El fin de semana ha sido un error. No quiero ser una de esas mujeres que primero dicen no, no, no, y luego sí, sí, sí, y después se pasan una semana castigándose por su debilidad. No debería haberme acostado contigo, pero supongo que me dejé la cordura en casa. No me malinterpretes, por favor. No te estoy echando la culpa ni te acuso de haber jugado conmigo. Soy una mujer adulta y sabía muy bien lo que hacía. Pero eso no me hace menos estúpida ni…

Evan la estrechó en sus brazos e interrumpió su diatriba con un beso. No un beso cualquiera, sino un ataque implacable a sus labios para devorarla con una avidez salvaje hasta dejarla sin aliento y sin voluntad.

Iba a resultar que era una de esas mujeres a merced de sus hormonas…

Le puso las manos en el pecho y empujó con todas sus fuerzas hasta conseguir separarlo, ambos respirando agitadamente. Debía de parecer una loca, sentada en el coche, con el pelo revuelto y el pecho oscilando como si acabara de correr una maratón.

—¡Deja de besarme!

Él volvió a sonreír. Parecía un león acechando a su presa.

—Me temo que no puedo dejar de hacerlo. Me encanta besarte y jamás se me ocurriría negarme los pequeños placeres de la vida.

Celia hizo una mueca y consiguió no reírse.

—Maldita sea, Evan. Lo digo en serio. Deja de besarme y de tocarme.

—Muy bien, como quieras –dijo él, levantando las manos–, no volveré a tocarte.

El resto del camino lo hicieron en silencio. Cuando se detuvieron frente a un restaurante que se jactaba de servir el mejor marisco de la Costa Oeste, Celia arqueó una ceja con escepticismo.

—Espera a probarlo y luego me dices si te gusta o no –le dijo Evan.

Empezaba a ser irritante la facilidad que tenía para leerle el pensamiento, sobre todo porque ella no tenía ni idea de lo que a él se le pasaba por la cabeza. Y la verdad era que temía averiguarlo.

Evan la llevó al interior del edificio, con su decoración californiana y sureña. Era una extraña mezcla, pero el efecto era bonito y acogedor. Se sentaron en un rincón apartado donde la única luz la proporcionaba una pequeña lámpara de queroseno en mitad de la mesa.

—Me siento como si estuviera en mi primera cita —dijo ella después de que Evan hubiera pedido el vino.

Él sonrió y arqueó sugerentemente las cejas.

—¿Y si te dijera que quiero acostarme contigo esta noche?

Celia contuvo la respiración hasta que empezó a marearse. Desde el primer momento había intuido la intención de Evan, naturalmente, pero oírselo decir en voz alta y clara era aún más excitante que la insinuación.

—Tengo que volver al trabajo.

Él asintió.

—Por supuesto. No es mi intención apartarte de tus obligaciones para pasar una tarde de sexo, aunque la idea es ciertamente tentadora. Me pregunto si tus colegas llamarían a la policía…

Ella lo fulminó con la mirada e intentó no reírse, pero ni siquiera podía fruncir el ceño en serio.

El camarero les llevó la comida y Celia parpadeó con asombro al verla, pues no recordaba haber pedido nada. Miró la copa de vino, medio vacía, y tampoco recordó haber bebido un solo sorbo. Todo por culpa de Evan. A ese paso, no sobreviviría a su influencia.

—Evan… –volvió a empezar, y de nuevo se calló al darse cuenta de que sonaba más a un ruego que a una protesta.

—Enviaré un coche a buscarte. Nadie tiene por qué verte subir al mismo coche que yo. Mi chófer te recogerá en la oficina, o si lo prefieres, puedes ir en tu coche a tu casa y haré que te recoja allí. Y después te llevará a casa con tiempo suficiente para que no llegues tarde al trabajo.

Celia no comprendía por qué no se estaba negando en redondo. Debería dejarle muy claro que ni loca aceptaría una proposición semejante, pero en vez de eso se sorprendió a sí misma imaginando una cita prohibida con su amante…

Se estremeció al pensar en la palabra «amante». Evan era un espécimen magnífico, un portento en la cama. Sabía cómo darle placer a una mujer y no pensaba sólo en satisfacer sus propias necesidades. La idea de pasar la noche con él la llenaba de deseo y expectación.

Masticó distraídamente la comida, sin apreciar el sabor ni saber lo que estaba comiendo. Tenía la garganta seca y la lengua, hinchada y embotada.

—Te comportas como si fuera un crimen hacer el amor –dijo él con una voz sorprendentemente tierna.

Si intentara engatusarla o persuadirla, ella podría hacerle frente. Pero sabía que lo que Evan intentaba hacer era transmitirle confianza y borrar sus temores.

Se lamió los labios y lo miró a los ojos. En ellos

vio dos cuerpos desnudos en movimiento, perfectamente acompasados. La imagen era tan sumamente tentadora que cerró los ojos para sumergirse en el recuerdo.

–Di que sí.

La voz de Evan la acariciaba con la misma suavidad que sus dedos. A Celia se le puso la carne de gallina y se le endurecieron los pezones.

–Celia…

Finalmente, abrió los ojos y le clavó la mirada sin pestañear.

–Sí.

Capítulo Trece

Celia entró en su despacho hecha un manojo de nervios. Sabía que no dejaría de mirar el reloj hasta que fuera la hora de irse a casa, y que se iría a toda prisa para cambiarse de ropa y ofrecer su mejor aspecto. La situación así lo merecía.

Esbozó una sonrisa maliciosa al pensar en el plan de Evan. Era una tentación prohibida, y ella estaba tan excitada que apenas podía contenerse.

Se dejó caer con un suspiro en el sillón, se quitó los zapatos y encendió el ordenador para consultar su correo electrónico. Aquel día no había pensado salir a comer y se había llevado la comida de casa. Después de haber estado ausente el viernes, se pasó la mañana repasando el informe que Jason le había entregado sobre los clientes con los que se había reunido en su nombre.

La bandeja de entrada estaba repleta de mensajes, fue borrando los correos basura y dejando para luego los que exigían respuesta. Casi había terminado cuando se topó con el nombre de Lucy Reese. ¿La madre de Evan le escribía un mensaje? ¿Por qué? ¿Y cómo había conseguido su dirección?

Un sentido de culpabilidad la invadió. Lucy era una buena mujer y Celia odiaba engañarla. No le gustaba engañar a nadie, pero mucho menos por un motivo tan frívolo.

Respiró hondo y abrió el mensaje. Comenzaba con la misma efusividad que mostraba Lucy en persona, y volvía a decirle lo encantada que estaba porque Celia y Evan se hubieran encontrado. También manifestaba su deseo de volver a ver a Celia y su deseo porque Evan la llevara de visita a Seattle.

La situación empeoraba por momentos...

El mensaje acababa con un archivo adjunto que incluía varias fotos de la boda. Celia abrió los archivos JPEG y no pudo evitar sonreír. En las fotos aparecían ella y Evan, juntos y sonrientes, ofreciendo la imagen de una pareja enamorada.

En una de ellas estaban bailando, en otra Evan la miraba con ternura, y en la última se estaban besando. Celia tenía la mano apoyada en su pecho, y el brillo del anillo contrastaba con el esmoquin negro de Evan. El beso parecía apasionado, y cualquiera que los viera pensaría que iban a arder en medio de la fiesta.

Durante varios minutos estuvo pensando si responder o no al mensaje de Lucy. No hacerlo sería muy descortés por su parte, pero hacerlo sería prolongar la farsa innecesariamente.

Al final optó por un breve mensaje de agradecimiento, añadiendo que a ella también le gustaría volver a verla. Era cierto, y no hacía falta profundizar en su inexistente relación con Evan. Ir a verlo a su hotel después del trabajo no podía considerarse una relación.

El interfono empezó a sonar, sacándola de sus divagaciones.

—Celia, tengo una empresa de limpieza que puede encargarse de la casa de Noah Hart.

–Qué valientes… –murmuró Celia.

–¿Cómo?

–Nada. ¿Te han dicho cuándo pueden empezar? Y ¿puedes mandarme el nombre de la empresa y los datos de contacto?

–Por supuesto –hubo una pausa y volvió a oírse la vacilante voz de Shelby–. ¿Vas a decirme de qué conoces a Noah Hart y por qué estás buscándole una asistenta?

–No –respondió Celia con tono tajante. Cortó la comunicación y confió en que Shelby captara la indirecta. Era una chica muy cotilla, pero también sabía ser discreta cuando la situación lo requería.

Recibió la información de la empresa de limpieza y se la remitió a Noah. Pero nada más hacerlo suspiró y miró el teléfono. Noah era un desastre con los ordenadores y los correos electrónicos, pues no mostraba el menor interés por los avances en la comunicación. Si no recibía una noticia por teléfono o en persona, no le interesaba saberla. A su agente, Simon Blackstone, lo sacaba de sus casillas.

De modo que tendría que llamarlo y prevenirlo, o nadie podría imaginar la clase de horror que se encontraría la chica de la limpieza.

Acababa de dejarle un mensaje en el buzón de voz cuando se dio cuenta de que no había hablado con Evan del partido de béisbol.

¿Cómo podía ser tan estúpida? Había tenido a Evan para ella sola todo el fin de semana, le había hablado de Noah y, sin embargo, había olvidado mencionarle el inicio de la temporada. El partido era la noche anterior a la reunión, y a Evan ya no debía de quedarle ni un hueco libre en la agenda.

–Estúpida, estúpida, estúpida –masculló.

¿Sería inapropiado comentárselo aquella noche, durante su aventura sexual? Si quería reunir a Evan y a Noah en un encuentro informal, tendría que actuar deprisa y confiar en que Evan pudiera asistir al partido.

Alguien llamó a la puerta y Celia levantó la mirada. Brock estaba apoyado en el marco, sonriente.

–Hoy vamos a ir todos al Rosa Lounge después del trabajo. Queremos brindar con litros y litros de champán por tu triunfo.

A Celia se le hizo un nudo en el estómago. Lo último que le apetecía era una noche de juerga con sus compañeros de trabajo en el Rosa Lounge, el exclusivo local situado a una manzana de distancia donde solían reunirse para celebrar algo, lamentar algún fracaso o simplemente tomarse un descanso tras un día infernal.

Lo último que celebraron allí fue el éxito de Jason al ganarse a Walter Prentice como cliente. Y ahora Brock quería celebrar el inminente contrato con Evan Reese.

–Me encantaría, Brock, pero ya he hecho planes para esta noche… Es algo importante –añadió tras una pausa–, además, prefiero no celebrar nada antes de la presentación. Aún no hay nada seguro, aunque el viernes voy a emplearme a fondo.

Brock asintió.

–Lo entiendo. Me tomaré algunas copas a tu salud. Pero si consigues el contrato prepárate para la madre de todas las celebraciones.

–Me muero de impaciencia –dijo ella con una sonrisa.

–Bueno, pues hasta mañana, entonces –se giró para marcharse, pero se detuvo y se volvió hacia ella–. Ah, por si aún no te lo he dicho… gracias, has hecho un magnífico trabajo. Al principio no estaba seguro, pero has demostrado lo que vales.

A Celia se le aceleró el corazón y tuvo que clavarse las uñas en las palmas para no levantar los brazos al aire y soltar un grito de júbilo.

–Gracias por tu confianza –le dijo con la mayor calma posible.

Brock se alejó por el pasillo y Celia se quedó sonriendo como una boba.

A las cinco menos cuarto, Celia bajó en el ascensor al vestíbulo. Aún faltaban quince minutos para acabar la jornada laboral, pero de esa manera evitaba a sus colegas a la salida. No quería explicarles por qué no iba con ellos al Rosa Lounge.

Su apartamento no estaba lejos, y normalmente le gustaba conducir su Beamer con la capota bajada. Pero aquel día estaba impaciente por llegar a casa y el tráfico la estaba volviendo loca.

Al llegar, reconoció el coche aparcado frente al edificio y al chófer que esperaba en la acera. Se detuvo junto a él y bajó la ventanilla.

–Sólo tardo un momento –le dijo.

El chófer sonrió y se tocó la gorra.

–No hay prisa, señorita Taylor. Tómese el tiempo que necesite.

Celia dejó el coche en el aparcamiento y corrió a casa a prepararse. No se le había pasado por alto la reacción de Evan a su lencería sexy. Era uno de los pocos caprichos que se permitía, y ciertamente el más absurdo, pues gracias a la inexistente vida sexual de los últimos años sólo ella había podido ver su ropa interior.

Abrió el cajón y sacó el conjunto más atrevido que tenía. De color rosa y una suavidad exquisita. ¿Qué podía ser más femenino que el rosa? Al ser pelirroja no era el color más adecuado para un vestido, pero la ropa interior era diferente.

No sabía si volvería a su apartamento antes de ir al trabajo al día siguiente, pero como siempre le gustaba estar prevenida para todo, preparó una bolsa con un traje, los útiles de aseo y un conjunto de lencería de color lavanda.

Comprobó rápidamente sus mensajes y luego hizo algo que jamás había hecho. Apagó el móvil y lo metió también en la bolsa. Aquella noche era para el placer y nada más. No necesitaba que nada ni nadie le recordasen el mundo de los negocios. Si iba a vivir una fantasía, quería hacerlo a lo grande.

Ya en el coche, pensó que la chica de las fantasías de Evan iría a su encuentro únicamente con una gabardina cubriendo la ropa interior. La idea era tan excitante que, si volvía a recibir una invitación como la de aquella noche, pensaría seriamente en llevarla a cabo.

Llegaron al lujoso hotel donde Evan se alojaba cuando estaba en la ciudad, pero el chófer pasó por delante de la entrada principal y detuvo el coche frente a una entrada lateral, donde un empleado del hotel le abrió la puerta inmediatamente.

Tal vez Evan tenía una entrada para él solo. Era

una idea disparatada, pero era tan rico que podría permitirse cualquier cosa.

Un conserje la recibió y le entregó una tarjeta.

—El señor Reese la espera en la suite.

Celia se puso tan roja como un tomate. Sabía lo que pensaba aquel hombre… que ella era una amante o una prostituta que acudía a una cita secreta.

Aceptó la tarjeta, murmuró un agradecimiento y se dirigió hacia los ascensores. Por suerte, no tenía que cruzar el vestíbulo. Tenía la sensación de que todo el mundo sabía por qué estaba allí.

Una vez a salvo en el ascensor, introdujo la llave y pulsó el botón de la última planta. La subida sólo duró unos segundos, y al salir del ascensor se encontró en un pasillo donde reinaba un silencio sepulcral. Sólo había cuatro puertas, por lo que las habitaciones debían de ser enormes. La de Evan estaba al fondo, y Celia respiró profundamente unas cuantas veces antes de meter la tarjera en la ranura.

Al entrar vio a Evan de pie al otro lado de la habitación, con una copa en la mano y la mirada fija en ella. La había estado esperando. Celia podía sentir su impaciencia y ver el brillo de triunfo en sus ojos.

Cerró la puerta y se quedó inmóvil mientras él dejaba la copa y cruzaba la habitación.

—Has venido —murmuró, antes de estrecharla en sus brazos y besarla con una pasión desmedida.

—¿Pensabas que no lo haría? —le preguntó ella cuando se apartaron para tomar aire.

Lo vio tragar saliva, como si intentara mantener el control.

–Si no hubieras venido, habría ido a sacarte a rastras de tu apartamento.

Todas las preocupaciones de Celia se disolvieron en la corriente de deseo que los unía.

–En ese caso... creo que la próxima vez tendrás que ir a buscarme. Porque siempre he fantaseado con que un cavernícola me lleve a rastras a su cueva.

Capítulo Catorce

No llegaron más lejos de la cómoda. Evan la tumbó en la superficie de madera y se inclinó hasta colocarse entre sus piernas.

–Esta vez voy a comerte primero –le aseguró–. No sé por qué, pero cuando te veo soy incapaz de pensar…

Ella enganchó los tobillos alrededor de su espalda y lo atrajo hacia sí.

–¿Nunca te han dicho que hablas demasiado?

–Nunca me lo ha dicho una mujer.

Le abrió la camisa y se la retiró de los hombros, acarició la piel expuesta y la agarró con tanta fuerza por los hombros que Celia pensó que se quedaría marcada para siempre. La besó desde la boca hasta la oreja y le atrapó el lóbulo con los dientes, antes de echarse hacia atrás y bajar las manos a la cintura de los pantalones.

–Eres tan hermosa…

Enganchó un dedo en el tirante del sujetador y lo bajó por la curva del pecho.

–Me encanta tu ropa interior.

Ella también se echó hacia atrás y apoyó las manos en la cómoda para ofrecerle un mejor acceso a su generoso busto.

–No vas a tener piedad conmigo, ¿verdad? –murmuró él.

Ella le sonrió y se arqueó sensualmente hasta que los pezones asomaron sobre las copas del sujetador. Entonces él la rodeó por la cintura con ambos brazos y bajó la cabeza hacia los suculentos frutos que lo aguardaban. Los tirantes del sujetador se aflojaron y cayeron de los hombros, y Evan los agarró con los pulgares para tirar de ellos hacia abajo. Un pecho quedó libre y Evan procedió a lamerlo con avidez hasta dejarlo duro como un pequeño guijarro. A continuación, cerró la boca alrededor de la punta y tiró suavemente.

—Evan... —gimió mientras entrelazaba las manos en sus cabellos.

Él siguió lamiendo y tirando hasta que todos los sentidos de Celia se concentraron en el placer que se propagaba desde el pezón.

Evan le quitó el sujetador, lo arrojó al suelo y le desabrochó los pantalones sin apartar la boca del pecho. Le levantó las caderas para quitarle los pantalones y ella se aupó en la cómoda para facilitarle la tarea. Con los pantalones en el suelo, dio un paso hacia atrás y le recorrió el cuerpo con la mirada.

Celia se sintió arrebatadoramente hermosa y deseable. Incluso irresistible. Evan se la comía con los ojos, y su expresión dejaba muy claro que ella era el único objeto de deseo. No había otras mujeres que pudieran hacerle sombra.

—Nunca he fantaseado con tener sexo encima de una cómoda, pero me siento tentado a probarlo...

Celia se desplazó hasta el borde de la cómoda. En esos momentos lo deseaba tanto que la distancia hasta la cama se le antojaba excesiva.

Él metió un dedo bajo el elástico de las bragas y

lo deslizó por el borde hasta llegar a la fuente de calor líquido. Ella respondió con un fuerte gemido, echando la cabeza hacia atrás con los ojos cerrados.

La sensación de sus manos avanzando hacia su trasero y quitándole las bragas acabó con cualquier resto de resistencia. Tenía que hacerlo ya o el deseo acabaría matándola.

Entonces se vio completamente desnudo ante la penetrante mirada y los impacientes dedos de Evan, que la acariciaron y recorrieron hasta que todo su cuerpo fue un manojo de nervios y jadeos.

—No es justo —se quejó con un hilo de voz—. Tú aún estás vestido.

Él le dedicó una sonrisa y se despojó rápidamente de la ropa. Acto seguido, se arrodilló frente a ella, le separó los muslos con sus manos ardientes y hundió la cara en su sexo.

Un gemido ahogado escapó de la garganta de Celia. Perdió toda noción de la realidad y sintió que flotaba en las aguas más exquisitas en las que hubiera nadado jamás. Evan era el mejor amante que podía existir. Sus increíbles habilidades sólo podían compararse con su generosidad, pues siempre la llevaba al éxtasis antes de satisfacer su propio deseo.

—Evan… por favor…

Él se levantó, la agarró por las rodillas y tiró de ella hasta colocarla de nuevo en el filo de la cómoda. Una expresión intensa y amenazadora le contraía el rostro, como un hombre que había llegado al límite de su resistencia. Se detuvo un momento para colocarse un preservativo y la penetró con una rápida y profunda embestida al tiempo que llevaba las manos a los glúteos para tirar de ella. La sensación de plenitud era incomparable. Evan no sólo la colmaba con la fuerza de su miembro, sino que se convertía en parte de ella, de su cuerpo y de su alma. Le daba y recibía, la poseía y se entregaba, compartiendo hasta el último suspiro de placer.

Enterró la cara en su cuello mientras imprimía un ritmo cada vez más fuerte. Ella lo rodeó con brazos y piernas hasta que no quedó el menor espacio entre sus cuerpos. Sin dejar de penetrarla, la levantó y retrocedió con ella hasta la cama, donde se dejó caer de espaldas y con ella encima.

—Móntame —le ordenó.

Tenía las pupilas dilatadas y todo el rostro en tensión, y la agarraba con tanta fuerza por las caderas que ella sólo pudo apretar los músculos internos alrededor de su erección.

—Dios… —gimió él.

Celia no podía aguantar. Tenía que moverse. Lo necesitaba más que el aire que respiraba. Plantó las manos en el pecho de Evan, se liberó de su agarre y empezó a moverse arriba y abajo, hundiéndole el miembro hasta el fondo y luego sacándolo para volver a empezar.

El sudor empapaba la frente de Evan y tenía los ojos entornados, clavados en los suyos. La acercó para poder agarrarle los pechos, se llenó las palmas con su carne y le frotó los pezones erectos con los pulgares.

—No… puedo… aguantar más —susurró ella con la voz entrecortada.

—Los dos a la vez —la apremió él.

Le soltó los pechos y volvió a agarrarle las caderas. La levantó y la hizo descender al tiempo que empujaba hacia arriba. La tensión estalló, el placer se desbordó y un grito interminable escapó de la garganta de Celia.

Las manos de Evan subieron hasta su cabeza para enredarse con su pelo. Se incorporó y la besó en la boca mientras movía las manos por su espalda, su pelo y su rostro, como si no pudiera saciarse de ella y quisiera memorizar cada rasgo e instante de aquel orgasmo compartido.

Celia no supo cuánto tiempo pasó tendida encima de Evan, oyendo los frenéticos latidos de sus corazones, con sus miembros entrelazados, el sexo de Evan aún dentro de ella y los últimos temblores recorriéndole el cuerpo. Muy lentamente empezó recobrar la conciencia y se percató de que Evan le estaba acariciando la espalda y el pelo. También le murmuraba palabras cariñosas al oído, pero no parecían tener sentido.

—¿Qué piensas? —le preguntó él.

—Un hombre nunca debe preguntarle a una mujer lo que piensa después de haber hecho el amor —respondió ella.

—¿Ah, no? Pues yo creía que a todas las mujeres les gustaba hablar después de hacer el amor. Ya sabes, unos arrumacos y todo eso…

Ella sonrió y levantó la cabeza para besarlo.

—Me gustan los arrumacos.

Él la hizo girar hasta que ambos estuvieron de costado.

—Pero no hablar, ¿eh?

Celia se dispuso a quitarle el preservativo, pero él la detuvo.

–Yo lo haré, tranquila.

Pero ella ya se lo había quitado. Volvió a besarlo en los labios y se levantó de la cama para tirarlo. Al girarse, vio a Evan con una mano en la cadera, observándola con atención.

Su cuerpo desnudo y musculoso ofrecía una imagen gloriosa. Incluso estando flácido y relajado, sus dimensiones eran impresionantes.

–Si sigues mirándome así pagarás las consecuencias –le advirtió él.

–¿Sólo tienes un preservativo? –le preguntó ella en tono jocoso.

Evan la agarró del brazo y tiró de ella para acostarla a su lado.

–Tengo una caja entera.

–¿Una caja entera? –repitió ella, riendo–. ¿Estabas planeando una orgia o algo así?

–Puede que haya exagerado… pero sólo un poco.

–Menos mal. No me gustaría estar bajo una presión semejante.

Él le pellizcó la nariz y le dio un beso.

–Algo me dice que estarías a la altura de las circunstancias…

Celia volvió a acurrucarse entre sus brazos. No le había mentido al decir que le gustaban los arrumacos. Y en el fondo, también le gustaría hablar. Desnudar su alma, confesarle sus secretos y escuchar los suyos, decirle lo mucho que lo amaba…

La sangre se le heló en las venas y por unos momentos no pudo ni respirar. No acababa de darse cuenta, pero hasta el momento no se lo había admitido a sí misma. El sentimiento llevaba un tiempo gestándose en su interior, esperando el momento oportuno para descubrirse. Al parecer, no había sido capaz de guardar las distancias emocionales con Evan.

Lo amaba. El corazón se le encogió dolorosamente al identificar el sentimiento. Se suponía que enamorarse de alguien era lo más maravilloso del mundo, pero ella sólo sentía ganas de correr al cuarto de baño para vomitar.

–Tenemos opciones para elegir –dijo él.

Ella parpadeó un par de veces y devolvió la atención a la realidad. Estaba en la cama, exhausta y sudorosa, abrazada al hombre al que… amaba.

–¿Qué opciones? –preguntó.

–Podemos comer. Puedo hacerte el amor otra vez, o podemos dormir un poco y luego elegir la primera o segunda opción. O incluso las dos a la vez… Tú decides.

Ella sonrió y lo abrazó con fuerza. De verdad lo amaba. Tanto, que estaba muerta de miedo.

–¿Voy a quedarme aquí toda la noche? –preguntó. No había querido dar nada por hecho, pero necesitaba saberlo antes de barajar opciones.

–Pues claro. Sólo si tú quieres, naturalmente. Si no has traído ropa para ir mañana al trabajo haré que mi chófer te lleve a casa.

Celia tragó saliva.

–Sí he traído ropa, puedo vestirme aquí, pero si mañana me lleva a la oficina estaré sin coche. Lo mejor será que me lleve a casa temprano, y así cojo mi coche.

Él pareció a punto de decirle algo, pero debió de pensárselo mejor y no insistió. Celia sintió curiosidad por lo que querría decirle, pero tampoco ella insistió.

—De acuerdo. Me encargaré de que mañana nos avisen con tiempo suficiente para que te duches y te vistas, antes de que mi chófer te lleve a casa para recoger tu coche.

Ella fue incapaz de resistirse y lo besó. No era un simple beso juguetón, sino una muestra cálida y sincera de sus sentimientos más profundos. Cuando finalmente se apartó, los ojos de Evan ardían de pasión y de algo más sobre lo que Celia prefería no especular.

—En ese caso, voto porque comamos, hagamos el amor y luego durmamos —propuso ella.

—Decidido.

Media hora después estaban sentados en la cama, devorando la comida que Evan había pedido al servicio de habitaciones. Celia se había puesto una de las batas de Evan y él únicamente llevaba unos calzoncillos.

Casi habían acabado cuando Celia recordó que aún no le había hablado del partido de béisbol. Antes se había sentido incómoda por sacar un tema de trabajo en lo que era una cita amorosa, pero ahora no tenía el menor problema en hacerlo con toda naturalidad.

—Cuéntame qué planes tienes para el resto de la semana —le pidió—. ¿Vas a irte a Seattle hasta la presentación del viernes?

Él ladeó la cabeza y la observó intensamente.

—Eso depende.

—¿De qué?

—De si tengo una razón para quedarme.

A Celia le ardieron las mejillas. La insinuación de Evan no podía ser más clara.

–Quería invitarte al partido inaugural de la temporada de béisbol. Tengo buenas entradas... ¿Te interesa?

La propuesta pareció sorprender a Evan, y por un momento Celia temió haberse pasado de la raya. Pero entonces él sonrió.

–Me encantaría ir. Es el jueves por la noche, ¿no?

Ella asintió.

–Puedo recogerte e ir en mi coche.

Los ojos de Evan brillaron. Parecía una expresión triunfal, aunque Celia no podía imaginarse el motivo.

–Dime a qué hora y te estaré esperando.

–El partido empieza a las siete, así que vendré a recogerte a las cinco y media.

–Estaré impaciente.

Celia se relajó de nuevo. Todo marchaba sobre ruedas. Llevaría a Evan al partido y se lo presentaría a Noah al término del mismo. Y al día siguiente lo dejaría pasmado con la mejor presentación de su vida.

El contrato ya era suyo.

Capítulo Quince

Celia aparcó en una de las plazas reservadas en el estadio y apagó el motor.

–¿Preparado? –le preguntó a Evan, quien silbó de admiración al ver lo cerca que estaban de la entrada.

–Menudas entradas debes de tener…

–Ya te dije que eran buenas –dijo ella con una sonrisa.

Salieron y Celia lo guió al interior. Normalmente habría accedido por la entrada de los jugadores, pero aún no quería revelar su secreto y por tanto pasaron por la puerta principal, como todo el mundo. Evan esperó pacientemente a que los guardias de seguridad examinaran el bolso de Celia y escanearan sus entradas y se encaminaron hacia el campo. Como era ella la que tenía los tickets en la mano, Evan no sabía que estarían sentados en la zona VIP, justo detrás de la caja de bateo. Estaba impaciente por ver su reacción.

Unos minutos después, tras cruzar dos puertas más, salieron a las gradas. Celia enseñó las entradas y un acomodador los llevó a una zona de asientos situada a escasos metros del *home*. Sólo estaban a cuatro filas del suelo.

–¡Vaya! –murmuró Evan al sentarse junto a ella–. ¿Cómo has conseguido estas entradas? Han debido de costar una fortuna… Además, yo también intenté comprarlas y estaban agotadas.

—Tengo mis contactos —dijo ella, rebosante de satisfacción.

Evan la miró con curiosidad.

—Empiezo a darme cuenta de ello.

Los jugadores terminaron de calentar y se procedió a regar y preparar el terreno de juego para el inicio del partido. Evan se relajó en su asiento y se puso las gafas de sol. Lucía un sol espléndido y no había ni una nube en el cielo. El día perfecto para un partido de béisbol.

Como buen empresario, buscó con la mirada a los aficionados que llevaran ropa de Reese Enterprises. Si Celia se salía con la suya, mucha gente normal y corriente querría vestir sus prendas deportivas.

Llamó a un vendedor de perritos calientes y se giró hacia Evan.

—¿Quieres algo?

—Lo mismo que tú —respondió él. Sacó su cartera para pagar, pero el vendedor hizo un gesto de rechazo y sonrió.

—Nuestra Cece nunca paga.

Evan asistió perplejo a la amistosa charla entre Celia y el vendedor. Hablaron sobre las estadísticas de bateo, sobre las futuras promesas del béisbol y sobre los malos resultados conseguidos por los Tide en la temporada anterior.

—Este año tendrán la revancha —le aseguró Celia—. Noah está en plena forma. El año pasado sólo estaba poniéndose a punto.

El vendedor asintió con entusiasmo.

–Creo que tienes razón, Cece. Al final de la temporada estaba como un toro.

Celia se volvió hacia Evan y puso cara de haber olvidado algo.

–Discúlpame, Evan… Te presento a Henry Dockett, quien lleva trabajando en el estadio desde que se construyó hace treinta años. Sabe todo lo que hay que saber sobre los equipos y jugadores. Henry, éste es Evan Reese.

Evan extendió la mano y al vendedor se le iluminó el rostro.

–¿Evan Reese… de Reese Enterprises?

–El mismo –respondió Evan con una sonrisa.

–Está en el sitio adecuado, entonces –dijo Henry–. Cece le hará pasar un buen rato –alguien lo llamó y tuvo que dejar la conversación–. Volveré más tarde, Cece.

Ella le sonrió y le dio las gracias por los perritos calientes. Se acomodó en su asiento y Evan agarró su perrito.

–¿Tienes a todo el mundo comiendo de tu mano… Cece?

Ella se puso colorada y agachó la cabeza.

–Henry es un viejo amigo.

Evan se rió. Le encantaba ver el rubor de sus mejillas.

–¿Me tienes preparada alguna otra sorpresa?

–Tal vez –murmuró ella mientras le daba un mordisco al perrito.

Los Tide saltaron al terreno de juego y poco después el primer bateador era eliminado.

Todo el estadio manifestó su decepción, incluida Celia.

–El año pasado fallamos por culpa de nuestros lanzadores –le dijo a Evan.

Él no quiso decirle que no sólo ya lo sabía, sino que podía citar las estadísticas de cada jugador.

–Este año será mejor –la consoló.

–Soren es nuestro mejor lanzador, aunque suele empezar un poco flojo. Pero si conseguimos superar la primera entrada, ya verás que no hay nadie como él.

Evan volvió a sonreír y permaneció tranquilamente sentado mientras Celia saltaba en el asiento cuando Noah atrapó el batazo rasante del segundo bateador y arrojó la bola al parador en corto. Le pareció que Noah miraba directamente a Celia y le hacía un guiño, pero era una posibilidad tan absurda que la desechó rápidamente.

Soren consiguió eliminar al siguiente bateador y a los Tide les llegó el turno de batear. Celia apretaba las manos como una madre nerviosa que estuviera viendo a sus hijos. Todd Cameron, el primer bateador, miró a Celia mientras se dirigía al plato y la saludó con la mano. Celia le devolvió el saludo y le lanzó un beso.

Evan no dijo nada, aunque todo le parecía cada vez más extraño. Y cuando el tercer bateador también miró a Celia y le hizo un gesto con el pulgar hacia arriba, Evan se preguntó qué demonios estaba pasando allí.

Después de que el bateador realizara un toque de sacrificio para permitir que los dos corredores avanzaran, Evan se inclinó hacia Celia para que lo sacara de dudas, pero ella le puso la mano en el brazo y lo apretó con fuerza.

–Espera. ¡Le toca batear a Noah!

Los dedos se hundieron en su carne como pequeños cuchillos, pero Evan no intentó apartarle la mano. Él también quería ver en acción al que esperaba que fuera el protagonista de su próxima campaña publicitaria.

La expresión de Noah era de concentración absoluta mientras caminaba hacia el plato. Agitó su bate unas cuantas veces y entonces se detuvo a un paso de la caja, miró hacia la derecha y asintió con la cabeza al ver a Celia. Al colocarse en posición, volvió a mirar hacia las gradas en dirección a Celia, le dedicó un guiño y una sonrisa y levantó el puño.

Evan no salía de su asombro.

Los dedos de Celia se hundieron aún más en su brazo cuando Noah hizo el primer *strike*.

–Vamos, vamos –susurró.

Los dos lanzamientos siguientes fueron bolas malas. Y el siguiente supuso el segundo *strike* para Noah. Si no bateaba pronto, Evan acabaría perdiendo la sensibilidad del brazo.

El primer batazo de Noah fue un *foul*. Y el siguiente lanzamiento volvió a ser bola mala.

–No puedo mirar –dijo Celia.

El lanzador tomó impulso, lanzó una bola rápida y, con un *swing* fulminante, el bate de Noah impactó con la bola. El crujido se oyó en todo el estadio y la bola se elevó sobre las gradas. *Home-run* para los Tide.

Celia se levantó de un salto y gritó con toda la fuerza de sus pulmones.

–¿Lo has visto? –le chilló a Evan. ¿Lo has visto?

–¡Lo he visto, lo he visto! –dijo él, riendo mientras ella seguía dando saltos.

Noah recorrió las bases, chocando los cinco con sus compañeros. Al llegar al plato, miró a Celia y la señaló con el dedo. Ella volvió a levantarse y le dedicó una sonrisa de oreja a oreja.

–Vuelvo enseguida –le dijo a Evan.

Bajó corriendo por la grada hasta la zona que comunicaba directamente con el plato. Allí abrazó a dos jóvenes y a un hombre mayor. Los tres miraron fugazmente en dirección a Evan mientras hablaban con Celia.

Pocos minutos después, ella regresó a su asiento. Evan empezaba a pensar que estaba en una realidad paralela. ¿Acaso Celia conocía a todo el mundo en el estadio?

–¿Qué está pasando aquí? –le preguntó en voz alta, intentando hacerse oír sobre el rugido del público.

–Te lo explicaré luego –respondió ella con una sonrisa–, ahora disfruta del partido.

Las dudas no dejaron de acosar a Evan hasta el final del partido, que acabó con una contundente victoria de los Tide. Por un lado se preguntaba si Celia tendría alguna relación íntima con Noah Hart, y por otro, si estaría utilizando a Evan para ascender en su carrera. Fuera lo que fuera, estaba decidido a averiguarlo antes de tomar una decisión en firme sobre su campaña publicitaria.

–Va a ser una temporada memorable –dijo Celia, con las mejillas ardiéndole de excitación–. Estoy segura.

Evan no estaba seguro de nada. Las cosas no estaban saliendo como él había previsto.

Ella lo agarró de la mano y tiró de él hacia la salida. Pero en vez de abandonar el estadio, bajaron a una zona restringida donde Celia enseñó un pase que Evan no había visto hasta entonces. A esas alturas ya nada debería sorprenderlo, pero cuando se detuvieron junto a los vestuarios de los jugadores vio que las sorpresas no habían acabado.

Esperaron un buen rato, mientras los periodistas entraban y salían, hasta que uno de los jugadores asomó la cabeza por la puerta y se le iluminaron los ojos al ver a Celia. Era Chris Davies, el *catcher* de los Tide. Una auténtica leyenda del béisbol, del que se rumoreaba que aquélla sería su última temporada.

–¡Cece! ¿Por qué no has entrado? Estaban entrevistando a Noah, pero quería verte enseguida.

Celia le dio un abrazo y un beso en la mejilla.

–Buen partido, Chris. Has estado tan formidable como siempre.

El enorme jugador se puso colorado. Entonces vio a Evan y frunció el ceño.

–Oh, Chris, éste es Evan Reese… Evan, te presento a Chris Davies, el *catcher* estrella de los Tide.

–¿Tú eres el Evan Reese que hace ropa deportiva? –le preguntó Chris.

Evan asintió.

–Genial. Vamos, pasad. Noah ya debe de haber acabado.

A pesar de su riqueza e influencia, Evan no pudo controlar los nervios al entrar en el vestuario de los Tide. Era el sueño de todo niño pequeño, y la razón por la que Evan se dedicaba al negocio de la ropa deportiva.

Varios jugadores abrazaron y besaron a Celia. Algunos le revolvieron el pelo, y ella respondió con muestras de afecto.

—¡Cece!

Evan vio a Noah abriéndose camino entre los demás. Levantó a Celia en sus brazos y la hizo girar en círculos. La irritación de Evan creció con cada vuelta que le daba, hasta que volvió a dejarla en el suelo.

—¿Lo viste? Fue un bateo de primera, ¿verdad?

Celia le dedicó una sonrisa encantadora. Su afecto por la estrella del béisbol era evidente, y Evan estaba dispuesto a mandar el contrato publicitario al cuerno y partirle la cara a Noah Hart.

—Claro que lo vi. Has estado impresionante… como siempre.

—Tengo que ducharme. Vosotros dos podéis esperarme ahí —dijo, señalando una zona con asientos apartada del vestuario—. No tardo nada.

Celia lo besó en la mejilla.

—Te esperamos. Tómate tu tiempo.

Noah le revolvió cariñosamente el pelo y se marchó hacia las duchas.

Evan abrió la boca para preguntar, pero se lo pensó mejor y esperó.

—Esta sala está reservada para los entrenadores y familiares —explicó Celia cuando se sentaron en los sofás—, no entran ni los jugadores ni los periodistas.

—Tengo unas cuantas preguntas… Cece —dijo, pronunciando irónicamente el apelativo.

Ella se puso colorada, como si se sintiera culpable.

—De acuerdo, admito que quería enseñártelo

todo de primera mano. Podría haberte avisado, pero entonces no habría sido tan emocionante.

Evan arqueó una ceja.

—Lo único que quiero saber en estos momentos es si hay algo entre Noah Hart y tú.

Celia lo miró con ojos muy abiertos y se quedó boquiabierta, y Evan supo entonces que se había equivocado con sus suposiciones.

—Era lógico que me lo preguntara —se defendió antes de que ella pudiera decir nada.

—Evan, Noah es mi...

En ese momento los tres hombres a los que Celia había visitado en las gradas los interrumpieron.

—Cece, cariño —dijo el mayor de ellos, y los dos se fundieron en un efusivo abrazo.

Los otros dos hombres miraron con recelo a Evan.

—¿No vas a presentarnos, Cece? —preguntó el más alto de los dos.

—Claro —dijo ella, y enganchó el brazo con el del hombre mayor—. Evan, te presento a mi familia. Éste es mi padre, Carl, y éstos son mis hermanos, Adam y Dalton. Chicos, os presento a Evan Reese, el dueño de Reese Enterprises. Lo he traído para que hable con Noah.

Evan se relajó al instante y estrechó las manos de los otros. Tuvo que soportar la típica demostración de fuerza masculina, cuando se intenta provocar una mueca de dolor al apretar la mano. Pero, lejos de amedrentarse, respondió con la misma fuerza y consiguió una mirada de respeto por parte de la familia de Celia. Le resultaba curioso que estuvieran todos en los vestuarios y que se hubieran sentado en filas distintas para ver el partido, aunque Celia le había dicho que había conseguido las entradas especialmente para él.

—Mucho gusto en conocerlo, señor —le dijo al padre de Celia.

—¿Tú eres el responsable de que mi Cece se pase tantas horas trabajando?

Evan miró a Celia, quien cerró los ojos y negó con la cabeza. Recordó lo que le había contado acerca de su padre y sus hermanos, quienes opinaban que lo único que tenía que hacer Celia en la vida era cuidar su aspecto y dejar que la mantuvieran. No parecía hacerles mucha gracia que estudiara y trabajara.

—Me temo que sí, señor. Ojalá pudiera decir que lo lamento, pero Celia es una de las personas más brillantes que he conocido en el mundo de la publicidad. Gracias a ella, mi empresa se convertirá en la número uno de la ropa deportiva de aquí a dos años.

Los dos hermanos de Celia la miraron con interés, y ella miró a Evan con una mueca de perplejidad. Parecía que estuviera al borde de las lágrimas. Él le sonrió y le ofreció la mano, y sorprendentemente ella la aceptó sin protestar y se la apretó con fuerza.

—Si tienes que hablar con Noah de negocios, nosotros nos vamos —dijo su padre—. ¿Vas a venir el domingo a casa o volverás a estar muy ocupada?

—No, no. Allí estaré —le aseguró ella, dándole un beso en la mejilla—. Siento no haber podido ir el fin de semana pasado, pero me surgió un imprevisto.

Evan se dio cuenta de que el imprevisto al que se refería había sido él. Lamentaba que Celia se hubiera perdido una importante reunión familiar, pero no se arrepentía en absoluto por el fin de semana que había pasado con ella en Catalina.

–Ha sido un placer conoceros –les dijo con sinceridad.

Los otros hombres asintieron y volvieron a estrecharle la mano antes de marcharse.

–Una familia muy interesante –dijo él cuando volvieron a quedarse solos.

Celia suspiró.

–Los quiero mucho, pero a veces no los aguanto.

–Ellos también te quieren mucho a ti.

–Lo sé –dijo ella, sonriendo–, y haría cualquier cosa por ellos.

Un momento después Noah Hart entró en la sala y volvió a abrazar a Celia.

–Así que éste es el hombre… –dijo, mirando a Evan.

–Lo mismo podría decir de ti, si vas a promocionar mi nueva colección de ropa deportiva –dijo Evan, sin esperar a que Celia los presentase.

–Evan, quiero presentarte a mi hermano, Noah Hart… Noah, te presento a Evan Reese, el dueño de Reese Enterprises.

Evan los miró con escepticismo. ¿Hermanos? De repente todo parecía tener sentido. Aunque los apellidos no concordaban. Que él supiera, Celia no se había casado… a no ser que fuera otro detalle que había mantenido en secreto.

Noah pareció advertir sus dudas, porque le sonrió y rodeó a Celia por los hombros.

–Hermanastros, más bien. Mi padre se casó con su madre cuando Cece era muy pequeña. Su madre murió al poco tiempo y todos cuidamos de ella, pero su apellido siguió siendo Taylor.

Evan carraspeó torpemente. Se le había ofrecido la oportunidad de su vida y él se preocupaba más de los secretos de Celia que de sellar un trato con Noah Hart.

—Creo que lo mejor será que tú y Evan os vayáis a cenar y hablar de negocios –sugirió Celia.

—¿Y tú? –le preguntó Evan. No había contado con que Celia lo dejara a solas con Noah. Ni siquiera se había esperado conocer a Noah tan pronto.

—Tengo otros planes –dijo ella–. Además, aquí no tengo nada que hacer. Vosotros dos tenéis que discutir muchas cosas y yo sólo sería un estorbo.

Noah se encogió de hombros y miró a Evan.

—¿Te gusta la parrillada?

—Me encanta.

—Estupendo. Conozco un buen sitio cerca de aquí.

—Yo lo he traído en mi coche, Noah, así que tendrás que llevarlo después a su hotel… si te parece bien –dijo Celia, antes de volverse hacia Evan–. Te veré mañana por la mañana. A las nueve en punto en Maddox Communications.

—Puedo llamar a mi chófer para que venga a buscarme –dijo Evan, mirándola fijamente.

Celia estaba deshaciéndose de él después de haber hecho su trabajo. Lo que le había parecido una cita lejos de los despachos y proyectos había sido en realidad una estrategia de negocios encubierta. Pero ya se ocuparía de ello más tarde. Lo más importante ahora era cortejar a una estrella del béisbol, y no podía dejar que nada ni nadie se interpusiera, ni siquiera lo molesto que estaba con Celia.

Capítulo Dieciséis

Celia andaba de un lado para otro de la sala de juntas de Maddox Communications. Había repasado hasta el último detalle de la presentación y tenía los nervios a flor de piel. El departamento de arte había impreso y enmarcado varios anuncios propuestos para la campaña publicitaria, y por los televisores de la oficina se emitían imágenes promocionales de Reese Enterprise.

Sólo faltaban quince minutos para las nueve, y el equipo al completo estaba reunido. La tensión se palpaba en el ambiente, pero también la emoción. Ash había felicitado a Celia por el contrato más importante hasta la fecha, pero seguía mostrándose distante y ausente, y Celia se preguntaba si serían ciertos los rumores que circulaban sobre sus problemas sentimentales.

Los otros también le habían dado la enhorabuena. Todavía no se había firmado ningún contrato, pero todos estaban convencidos de que sólo era cuestión de horas. Y Celia rezaba porque tuvieran razón.

Noah la llamó la noche anterior. Después de la cena, Evan y él estuvieron tomando unas cervezas como dos viejos amigos de la universidad. Evan le hizo una oferta tan generosa que había sorprendido hasta al propio Noah. Los dos concertaron una reunión con sus respectivos abogados para ultimar los detalles, pero Noah ya había aceptado protagonizar la campaña publicitaria.

—Muy bien, empezamos dentro de cinco minutos —anunció Celia—. Que todo el mundo ocupe su puesto y se prepare para causarle la impresión de su vida.

Los demás se sentaron alrededor de la mesa. Brock le sonrió a Celia y le hizo un gesto de aprobación antes de ocupar su sitio junto a Elle. Jason se sentó al lado de Ash, quien frunció el ceño y sacó el móvil del bolsillo.

—Disculpadme un segundo —dijo, y se levantó para atender una llamada lejos de los demás.

Sonó el interfono y Shelby informó de que Evan había llegado.

—¿Lo hago pasar? —preguntó.

Celia respiró hondo y miró a sus colegas. Todos estaban listos para cumplir con su papel.

—Hazlo pasar, Shelby —respondió, justo cuando Ash volvía a la mesa.

—Lo siento, pero tengo que irme —dijo—. No sé cuánto tiempo estaré fuera, pero espero que sólo sean unos días. Os avisaré cuando tenga más detalles.

Se marchó de la sala sin dar más explicaciones, dejando a los demás absolutamente perplejos. Celia miró a Brock con expresión interrogativa, pero su jefe se limitó a encogerse de hombros y le indicó que continuase. Lo que le pasara a Ash tendría que esperar. Aquella reunión era de vital importancia para todos ellos.

A los pocos segundos de marcharse Ash, entraron Shelby y Evan. Celia se acercó a Evan con la mano extendida, y él deslizó los dedos sobre su palma y se la sostuvo más de lo necesario. Ella la retiró con brusquedad y se giró para hacer las presentaciones de rigor.

Todo salió de maravilla. La presentación se desarrolló sin el menor contratiempo, todos los miembros del equipo cumplieron con su parte a la perfección y Brock lucía una sonrisa de satisfacción en el rostro. Al término de la exposición, Celia estaba tan convencida como los demás de que Evan firmaría el contrato con Maddox Communications. Tendría que ser idiota para no hacerlo.

Las luces de la sala volvieron a encenderse después del último videoclip.

–Y esto es todo –le dijo Celia a Evan–. Espero que te hayamos convencido para llegar a un acuerdo.

Evan no respondió enseguida. Permaneció unos momentos mirándola fijamente, juntando los dedos delante del rostro. Y después se limitó a asentir.

–Estoy impresionado. Mi pregunta es… ¿cuándo podríamos empezar?

En el Rosa Lounge no cabía ni un alfiler después del trabajo, y el fondo del local estaba ocupado por el personal de Maddox Communications, todos celebrando el contrato con Reese Enterprises.

Celia estaba eufórica, pero no podía dejar de pensar en su relación con Evan. La noche anterior lo dejó con Noah, y después de la presentación rechazó su invitación para comer juntos.

Brock propuso un brindis por Celia y todos le prodigaron una sonora ovación. Ella respondió con una sonrisa, aunque en realidad le hubiera gustado estar con Evan. Y ése era precisamente el problema.

—No pareces muy contenta para ser la estrella de la fiesta.

Celia se giró y vio a Elle junto a ella, con una copa en la mano. Intentó sonreír, pero en vez de una sonrisa le salió un suspiro.

—¿Tanto se me nota?

Elle se encogió de hombros.

—No creo que los demás estén tan pendientes de ti, pero pareces… distraída.

—Estoy hecha un lío, Elle —admitió Celia—. No sé qué hacer.

Elle la rodeó con un brazo.

—Seguro que no es tan grave.

—Evan Reese y yo estamos enrollados.

—Puede que sí sea grave —rectificó Elle.

Celia vio cómo su mirada se posaba en Brock, que estaba hablando con Jason Reagart al otro lado de la sala. Brock se giró en ese momento y sorprendió a Elle mirándolo.

—No quería que esto pasara —dijo Celia—. Yo más que nadie debería saber las consecuencias. Lo he mantenido en secreto y me estoy volviendo loca, siempre preguntándome quién puede vernos juntos y qué conclusiones sacarán. Estoy cansada de esconderme, Elle. Y lo peor es que estoy enamorada de él.

Elle emitió un murmullo compasivo y se llevó a Celia a un rincón oscuro.

—Tienes que ser honesta con tus sentimientos, Celia. Si te los guardas, acabarán contigo.

Lo decía con tanta convicción que Celia se preguntó si estaría hablando por experiencia propia. ¿Sería posible que tuviera una aventura secreta con Brock? Si las miradas que se intercambiaban significaban algo, era indudable que había química entre ellos.

Se moría de curiosidad por saberlo, pero no quería arriesgarse a preguntárselo. Tal vez Elle no quisiera que nadie se enterara.

—Gracias, Elle —le dijo, apretándole la mano—. Sé que tienes razón. Sólo tengo que encontrar la manera de manejar la situación, porque me está dando unos quebraderos de cabeza terribles.

—Lo primero que tienes que hacer es disfrutar del momento —le aconsejó Elle—. Ésta es tu noche, Celia. Mereces divertirte un poco.

—Está bien, mamá —bromeó Celia—. ¿Nos tomamos otra copa?

Elle sonrió y las dos se digirieron a la barra. Hubo más brindis, aplausos y aclamaciones. Elle tenía razón. Era su noche. La culminación de muchas semanas de duro trabajo. Y merecía celebrarlo.

El taxi la dejó en la puerta de su apartamento y Celia le entregó varios billetes al taxista. No había bebido tanto, pero no quiso arriesgarse a conducir y dejó su coche en el trabajo.

Era tarde, pero no mucho, y ella seguía con ganas de celebración.

El taxi se alejó y entonces vio a Evan al otro lado de la calle. Estaba apoyado en su coche, observándola. Cruzó la calle hacia ella y Celia se quedó inmóvil como una estatua, viéndolo acercarse.

–¿Vienes de celebrar algo? –le preguntó con una media sonrisa.

Ella asintió.

–He venido en taxi porque no me atrevía a conducir.

–Tendrías que haberme llamado. Mi chófer te habría traído a casa.

–Habría sido muy sospechoso que el hombre con el que acabo de firmar un contrato me enviase un coche para llevarme a casa después de la fiesta.

Él la miró con expresión inescrutable.

–¿No vas a invitarme a pasar?

Como si ella pudiera decirle que no…

Evan esperó a qué abriera la puerta y la siguió al interior. En cuanto ella cerró, él la estrechó en sus brazos.

Otra vez no… No podía perder el control en cuanto él la tocaba. No era normal.

–¿Tienes idea de lo excitado que estaba viéndote en la presentación esta mañana? –le preguntó entre un beso y otro–. Me moría por encerrarme contigo en un armario y arrancarte la ropa a mordiscos…

Siempre sabía qué decir para derribar sus defensas. Era un verdadero seductor con las palabras.

La tuvo desnuda antes incluso de llegar al dormitorio. Cómo supo dónde estaba el dormitorio, era un misterio. Tal vez los hombres tenían un instinto natural para localizar la cama más próxima.

Lo hicieron con la misma pasión desenfrenada y salvaje que siempre caracterizaba sus primeras veces, como si en realidad fuera la última. Ella se aferraba a él con todas sus fuerzas y él la penetraba con

un ansia insaciable. Las sensaciones la desborda-
ban, el placer la cegaba…

Y ella lo amaba más allá de toda lógica.

Mucho rato después, ambos exhaustos y jadean-
tes, Evan se giró de costado y extendió un brazo sobre la cama. Ella agradeció estar tendida, porque le
resultaría imposible moverse.

–¿Vas a volver a Seattle?

Él se puso muy rígido y posó la mano en el regazo de Celia.

–Ya no hay nada que nos impida hacer pública
nuestra relación, Celia. Los negocios han acabado.
Has conseguido el contrato.

Ella ahogó un débil gemido y no dijo nada.

–Pero… –siguió él–. Sí, tengo que volver a Seattle a resolver unos asuntos. Durante los próximos
meses tengo intención de pasar mucho tiempo
aquí, en San Francisco, por lo que tengo que dejarlo todo bien atado.

A Celia se le aceleró el corazón. ¿Iba a quedarse
en San Francisco para estar cerca de ella? Odiaba
hacerse ilusiones, pero también dar las cosas por
hecho.

–Volveré el lunes por la tarde –dijo él–. Quiero
pasar la noche contigo. Cena, baile y sexo. Puedes
quedarte en el hotel y que mi chófer te lleve al trabajo el martes.

Celia no podía resistirse cuando Evan lo planea-
ba todo al detalle.

–¿Cuándo te marchas?

–Mañana por la mañana, temprano.

Ella se apoyó en el codo para mirarlo a la cara.

–¿Y entonces qué haces aquí todavía?

Él volvió a colocarla debajo de su cuerpo.

–Ya dormiré en el avión.

Ella hizo ademán de mirarse un reloj invisible.

–Te quedan seis horas… ¿Qué piensas hacer con todo ese tiempo?

–Muy sencillo. Voy a demostrarte lo bien que se me da aprovechar el tiempo.

Capítulo Diecisiete

Tras el implacable interrogatorio al que sus hermanos la sometieron el domingo, para Celia fue un alivio volver al trabajo el lunes. No estaba lista para reconocer ante su familia que entre ella y Evan existía algo más que una relación profesional. Su padre y sus hermanos sabían lo que había ocurrido en Nueva York y Celia les estaba profundamente agradecida por su apoyo incondicional, pero si su relación con Evan salía a luz tendría que soportar los falsos rumores y acusaciones sin fundamento.

Llegó tarde a la oficina, por culpa del tráfico y de haber salido tarde de su apartamento. Al salir del ascensor estaba de un humor de perros, y nada más ver a Shelby supo que algo iba mal. La recepcionista, normalmente alegre y locuaz, la miró con tristeza y apartó rápidamente la mirada. Celia no quiso preguntarle qué ocurría y se dirigió a su despacho sin mantener la acostumbrada charla de todas las mañanas.

Entró en su despacho y se sorprendió al ver que Elle la estaba esperando.

–Hola, Elle –la saludó mientras dejaba la cartera en la mesa.

Elle presentaba un aspecto muy demacrado y parecía tener miedo de hablar con Celia. En las manos llevaba un periódico doblado. O tal vez fuera una revista.

—Celia… hay algo que tienes que ver. Ya lo ha leído todo el mundo y… he intentado llamarte, pero no respondías en casa ni al móvil.

A Celia se le encogió el estómago. No le gustaba la expresión de Elle.

Elle dejó el periódico en la mesa y Celia puso una mueca de desagrado al ver que era una crónica de sociedad.

—Pero, Elle… ¿qué haces leyendo esta basura?

—Míralo, Celia —insistió ella, y le señaló con el dedo la foto y el titular.

Celia le hizo caso y enseguida sintió que se ponía pálida. Tuvo que agarrarse al borde de la mesa para que las rodillas no le cedieran.

Eran las fotos de ella y de Evan en la boda de Mitchell. Las mismas que la madre de Evan le había enviado por e–mail. En una de ellas se los veía bailando. En otra Evan la estaba besando, ella tenía la mano en su pecho y se distinguía claramente el anillo de diamante en el dedo. El titular destacaba que Evan había firmado un contrato con la misma empresa donde trabajaba su novia.

Leyó el artículo por encima, pero las palabras bailaban ante sus ojos y apenas pudo entender nada, salvo la insinuación de que se había pasado las últimas semanas haciendo todo lo posible por conseguir el contrato con la empresa de Evan.

—Eso no es todo —dijo Elle.

Rodeó la mesa de Celia y movió el ratón para que se encendiera el monitor. Tecleó una dirección de Internet y apareció la página web de un foro de publicistas profesionales. En la última entrada se publicaba la foto de Evan besando a Celia y la noticia de su inminente fichaje por Maddox Communications. El subtítulo era breve y conciso, e insinuaba la manera en que Celia había conseguido el contrato.

Celia se dejó caer en la silla, completamente anonadada por lo que acababa de ver.

—Dios mío, Elle… ¿qué voy a hacer? —susurró.

Elle le apretó el hombro para darle ánimos, pero su expresión delataba que se sentía tan impotente como Celia.

—¿Lo saben todos en la oficina? —preguntó Celia—. ¿Qué piensan?

—Bueno, Ash aún no ha regresado, así que no sé si lo ha visto. Jason y Brock sí, porque yo estaba en el despacho de Brock con ellos. Jason no dijo nada, pero Brock se enfadó mucho.

—¿Conmigo?

—No lo sé, pero lo dudo. No es el tipo de hombre que saque conclusiones precipitadas sin oír la otra versión. Además, ya has conseguido el contrato. No debería de importarle cómo lo hayas logrado.

—Supongo que tienes razón. Sólo me importa a mí.

—Lo siento, Celia. De verdad. Lo siento mucho.

Celia enterró la cara en las manos.

—He sido una estúpida, Elle. Y ahora tengo que pagar el precio.

Un carraspeo desde la puerta hizo que Celia levantara la cabeza. Brock estaba en el umbral, con una expresión indescifrable en el rostro.

—Elle —dijo él—, ¿te importaría dejarnos a Celia y a mí un momento?

–Claro que no –murmuró ella mientras se escabullía a toda prisa.

Celia estaba al borde de las lágrimas. Su resistencia pendía de un hilo que estaba a punto de romperse.

–¿Quieres hablar? –le preguntó Brock,

Aquella pregunta fue el detonante. Si Brock hubiera estado furioso o indiferente, Celia podría haberse contenido. Pero aquel simple ofrecimiento bastó para liberar la tensión que llevaba acumulando en su interior durante las últimas semanas.

Una parte de ella estaba horrorizada por ponerse a llorar delante de su jefe, pero no había manera de contener el caudal de lágrimas y sollozos.

Brock no dijo ni hizo nada. Permaneció donde estaba mientras Celia intentaba recuperar la compostura. Cuando consiguió tranquilizarse lo suficiente, él se sentó en una de las sillas frente a la mesa y esperó a que hablara.

–No es lo que parece –dijo ella mientras se secaba las lágrimas de las mejillas.

Brock miró el periódico que seguía extendido sobre la mesa.

–Bueno… ahí parece que llevas un anillo, pero ahora no.

Celia suspiró y le contó la historia del viaje a Catalina, alegando que no pudo negarse a la invitación de Evan por ser crucial para conseguir el contrato. No le confesó que estaba enamorada de Evan, como había hecho con Elle. Brock era, al fin y al cabo, su jefe y un hombre, y no tenía por qué conocer los detalles más sensibleros de la historia, ya de por sí singular.

–He oído decir a Elle que a mí no debería importarme la forma en que hayas conseguido el contrato. Es cierto. No me importa. No es asunto mío, a menos que hicieras algo ilegal o perjudicial para la reputación de la empresa. Eres tú la que me preocupa. Sé lo destrozada que te quedaste por lo que ocurrió en Nueva York, y hablaba en serio cuando te dije que contabas con todo mi apoyo. Me aseguraré de poner fin a los rumores en la oficina, pero no puedo controlar lo que la gente piensa o diga fuera de aquí. Sé que los próximos días no serán fáciles para ti, pero no olvides que Maddox Communications está contigo.

–Gracias, Brock –dijo ella con voz débil y temblorosa–, significa mucho para mí.

–¿Tienes idea de quién está detrás de esto? –preguntó Brock.

Celia miró las fotos con el ceño fruncido y volvió a mirar a su jefe.

–Estas fotos estaban en mi ordenador. La madre de Evan me las mandó por e–mail y de aquí no se han movido. La ex novia de Evan no me tiene mucho aprecio, pero ella y Mitchell se marcharon inmediatamente de luna de miel y ni siquiera han visto las fotos de la boda. Así que, aparte de mí, y tal vez de Evan, si su madre se las envió también a él, la única persona que ha visto estas fotos es su madre. No las sacó un fotógrafo profesional. Fue la madre de Evan con su cámara digital, y me cuesta creer que hiciera algo así para desacreditarme. Estaba muy entusiasmada por el supuesto compromiso entre su hijo y yo.

Brock maldijo en voz baja.

–¿Estás segura de que las fotos sólo están en este ordenador?

Celia se quedó de piedra.

–No pensarás que… No puede ser. Nadie de aquí haría algo semejante.

–No lo sé, pero voy a averiguarlo –fue hacia la puerta y se giró hacia Celia–. No dejes que esto pueda contigo, Celia. Creo que ésa era la intención de la persona que esté detrás de esto. Has hecho un trabajo formidable y eso nadie puede arrebatártelo, a menos que tú lo permitas.

Se marchó y Celia se quedó sentada en el despacho, sintiéndose alicaída.

En unas horas había quedado con Evan, quien había planeado meticulosamente la velada. El plan original era quedarse a dormir en su hotel y que su chófer la llevara al trabajo por la mañana. La idea le había resultado tremendamente excitante, pero ahora le provocaba un doloroso nudo en el estómago.

¿Quién había vendido aquellas fotos a la prensa? ¿Por qué alguien querría difamarla de aquella manera?

Athos Koteas, el dueño de Golden Gate Promotions, tendría buenas razones para ello. No en vano era el encarnizado rival de Maddox Communications y no dudaría en causar todo el daño posible. Pero ¿cómo había conseguido las fotos?

La posibilidad de que alguno de sus colegas fuera el responsable le resultaba tan repugnante que si no la desechaba de inmediato se volvería loca. Ni siquiera se atrevía a salir del despacho, sabiendo que todo el mundo había visto el maldito artículo.

Apoyó la cabeza en la mesa e intentó ignorar el dolor que palpitaba en sus sienes. Sabía lo que debía hacer, y era aún más doloroso que las fotos. Pero no había llegado tan lejos como para tirar su reputación y su carrera por la borda por culpa de una aventura sexual.

Llamó a Shelby para decirle que no le pasara ninguna llamada y se pasó el resto del día encerrada en el despacho, sin hablar ni ver a nadie. A las cinco, miró por la ventana y vio a sus colegas abandonando el edificio. Esperó a que no quedara nadie en la oficina y sólo entonces se atrevió a salir. Aunque eran más de las siete, bajó a pie por las escaleras por si acaso se encontraba con algún rezagado en el ascensor. Su cobardía era patética, pero no le importaba. Ya se enfrentaría a sus compañeros cuando hubiera recuperado el control de sus emociones.

Condujo hasta su apartamento con los dedos fuertemente aferrados al volante y reprimiendo las lagrimas. En consecuencia, al llegar a casa estaba física y mentalmente agotada.

Y para empeorar las cosas, Evan la esperaba en la puerta.

–¿Dónde demonios te habías metido? –le preguntó nada más verla–. Estaba preocupado por ti. Habíamos quedado en vernos aquí hace una hora y media.

Ella fue incapaz de mirarlo a los ojos mientras abría la puerta. Entró y dejó que la oscuridad la engullera.

–¿Qué ocurre, Celia?

Evan encendió la luz y ella puso una mueca de

dolor. Un instante después, él la agarró del brazo y le hizo levantar la cara con la otra mano.

–¿Pero qué…? ¿Has estado llorando?

Ella cerró los ojos e intentó soltarse, pero él la sujetó con fuerza.

–Dímelo, maldita sea.

–No podemos vernos en un tiempo, ¿de acuerdo? –espetó ella–. La situación se nos ha ido de las manos… Mi vida es un desastre.

Sus palabras consiguieron lo que ella no había logrado. Evan la soltó inmediatamente y dio un paso atrás.

–¿Te importaría repetirme lo que has dicho… de una manera que pueda entenderlo?

La expresión de sus ojos le advertía que no iba a ser nada fácil. Pero a Evan le importaba un bledo lo que los demás pensaran de él. Nunca se dejaba influir ni controlar por las opiniones ajenas. Ojalá ella pudiera ser igual.

En vez de responderle, sacó el periódico del bolso y se lo ofreció a modo de explicación. Él leyó rápidamente el artículo y volvió a mirarla a ella.

–¿Y bien? ¿Cuál es el problema?

Era la reacción que Celia esperaba, y la enfureció tanto que, con gusto se hubiera puesto a gritar. Pero también sabía que él no se tomaría en serio sus ataques de histeria.

–Eso no es todo. La noticia circula por Internet. Un foro de publicistas está especulando sobre lo que se esconde tras las negociaciones.

Él la miró sin comprender.

–Sigo sin ver cuál es el problema, y no entiendo el motivo por el que no debamos seguir viéndonos.

Ella apretó los dientes.

—No lo entiendes… Pues yo sí lo entiendo, Evan. Estamos hablando de mi carrera. De mi trabajo. De mi reputación… la que por cierto está ahora mismo por los suelos. Todos en la oficina han visto la noticia. Todo el mundo de la publicidad la ha visto. Ahora todos saben, o creen saber, cómo conseguí que firmaras el contrato con Maddox Communications. No importa que sea cierto o no. Es lo que la gente cree. Nuestro compromiso será anunciado en Advertising Media… ¿Sabes lo que eso significa?

Se detuvo para ahogar el sollozo que subía por su garganta.

—¿Cómo se supone que voy a tratar con nuevos clientes? ¿Y si el cliente es un hombre y espera recibir los mismos favores que tú? ¿Y si me propone acostarme con él a cambio de firmar un contrato?

—Lo pagaría caro —amenazó Evan.

—No puedes estar siempre protegiéndome de gente así, Evan. Es lo que trato de decirte. Lo mejor que puedes hacer por mí es retirarte hasta que se aclaren las cosas.

Él parpadeó con asombro y la miró con dureza.

—¿Es eso lo que quieres, Celia? ¿Lo que realmente quieres?

Ella temía responderle tras recibir aquella terrible mirada. Pero no podía mentir.

—Sí —susurró.

La boca de Evan se torció en una mueca desdeñosa.

—No pienso ser el secretito de nadie, Celia. Estoy cansado de que tengamos que escondernos como si hiciéramos algo malo. Cometí el error de hacerlo una vez, pero nunca más volveré a hacerlo.

—Evan, por favor. No es eso… Sólo necesito tiempo.

—Sí es eso, Celia. Claro que es eso. Está claro que no figuro en tu lista de prioridades. Me da igual quién sepa que nos acostamos juntos. Y no voy a seguir haciéndolo con alguien a quien sí le importa.

Se dio la vuelta y se dirigió hacia la puerta. La abrió con violencia y se detuvo en el umbral.

—Si cambias de idea, no te molestes en venir a mí arrastrándote. Has dejado suficientemente claro lo poco que significo para ti.

Cerró con un portazo y el ruido hizo añicos el corazón de Celia. Permaneció inmóvil, mirando la puerta, deseando que volviera y le dijera que todo saldría bien, que esperaría el tiempo que hiciera falta.

Los minutos pasaron y Celia acabó aceptando que Evan no iba a volver. No sólo había perdido su reputación y quizá su carrera, sino también al único hombre al que había amado lo suficiente para arriesgarse.

Capítulo Dieciocho

El martes por la mañana, Celia optó por la vía más fácil y cobarde y llamó a Brock para pedirle el resto de la semana libre. A su jefe no le hizo ninguna gracia que quisiera esconderse e intentó convencerla de que no era el modo de afrontar la situación, pero después de oír su angustia y desesperación no le puso más impedimentos.

El resto del día lo pasó dando vueltas por su apartamento, alternando los arrebatos de ira con la desolación más profunda. Al día siguiente, hizo el equipaje y se marchó al único lugar donde sabía que podría curar sus heridas a salvo.

Nada más verla, su padre le dio el abrazo que ella tanto anhelaba. Nunca había estado tan necesitada de afecto y consuelo.

Su padre la hizo sentarse y le preparó un copioso desayuno, porque en su opinión no había nada que no pudiera curarse con un gran desayuno casero. Comieron en silencio, sin que su padre la acosara con preguntas o comentarios. Era lo que más le gustaba de él. Nunca se metía en las vidas de sus hijos. Simplemente esperaba a que ellos acudieran a él, y entonces era capaz de mover cielo y tierra para que todo volviera a arreglarse.

Salvo que en esa ocasión no había manera de arreglarlo.

Celia pasó la tarde en el sofá, viendo la televisión con su padre. Él no dejaba de mimarla e incluso le preparó sus galletas de chocolate favoritas; pero también debió de hacer algunas llamadas, porque al hacerse de noche llegaron sus hermanos y colmaron a Celia de abrazos y atenciones. O al menos así lo hicieron Adam y Dalton, porque Noah exigió saber qué había ocurrido. Celia se puso a llorar, lo que llevó a sus otros dos hermanos y a su padre a amenazar a Noah con echarlo de casa por hacerle daño.

—¡Yo no le he hecho daño! —protestó Noah—. Pero está claro que alguien sí se lo ha hecho. ¿Es que nadie le ha preguntado aún qué le pasa?

—Estábamos esperando —dijo su padre.

—¿Esperando a qué? —insistió Noah—. ¿A qué empezara a llorar?

Celia se frotó los ojos e intentó detener los sollozos. Sabía que sus hermanos no soportaban verla llorar. Especialmente Noah.

La expresión de Noah se suavizó al verla tan abatida y se sentó en el sofá junto a ella.

—Eso no tiene nada que ver con Evan Reese, ¿verdad?

A pesar de sus esfuerzos por calmarse, la pregunta de Noah provocó otro aluvión de lágrimas.

—Muy bien hecho, imbécil —masculló Adam.

—¿Te han dicho alguna vez que tu tacto con las mujeres deja mucho que desear? —le preguntó Dalton.

Noah rodeó con un brazo a Celia y la apretó con afecto.

—¿Qué ha pasado, Cece?

–Dios mío, Noah… Es espantoso. El periódico publicó esas fotos y en el foro se decían cosas horribles. Mi carrera está perdida, mi reputación está por los suelos y Evan no quiere verme nunca más porque le pedí que se alejara hasta que todo se aclarara. Cree que me avergüenzo de él y me odia por ello…

Se frotó los ojos con tanta fuerza que los párpados le escocieron como si fuera papel de lija cada vez que pestañeaba.

–Vaya… –dijo Adam–. ¿Alguno de vosotros ha entendido algo?

Dalton y su padre intercambiaron una mirada de impotencia. Noah suspiró.

–Quizá deberías empezar por el principio y decirnos qué ha publicado exactamente el periódico, qué se dice en ese foro y por qué afecta tanto a tu carrera.

–Es una historia muy larga –murmuró ella.

–Tenemos toda la noche –dijo Dalton.

Celia suspiró y empezó a relatar la historia desde el principio. No omitió ningún detalle, salvo el sexo, naturalmente. Sus hermanos seguían viéndola como la hermana pequeña y se les revolvería el estómago si les hablaba de su vida sexual. Y seguramente irían en busca de Evan armados con los bates de béisbol de Noah.

–Esto es de locos –dijo Adam.

Dalton lo corroboró asintiendo con la cabeza. Noah, que conocía muy bien los daños que podía infligir la prensa, miró a Celia con preocupación cuando ella contó lo del artículo y el foro de Internet.

–¿Y dónde encaja Evan en todo esto? –preguntó

su padre–. Quiero decir... parece que aquí falta una pieza fundamental. Te hacías pasar por su novia, el periódico publica esas fotos vuestras y dices que está furioso porque cree que te avergüenzas de él. ¿Me he perdido algo?

Celia volvió a suspirar.

–Estoy enamorada de él, papá. Y ahora él me odia.

Los cuatro hombres se quedaron mudos de asombro y mirándola con cara de tontos. Celia se arrepintió de haberlo confesado. El amor era una cosa de chicas, y ninguno de ellos sabía cómo reaccionar.

–Escuchad... Os quiero mucho y no sé qué haría sin vosotros, pero no pretendo que solucionéis esto por mí. Tengo treinta años y ya no soy una niña a la que tengáis que proteger de todo. Lo único que necesito es un tiempo y espacio para curar mis heridas y recuperarme.

Adam frunció el ceño.

–Espera un momento... Tú eres nuestra hermana, Cece. Me da igual los años que tengas.

Dalton asintió con vehemencia, también frunciendo el ceño. En cuanto a Noah, le apretó la mano y le ordenó que no dijera tonterías.

–Siempre serás mi niña pequeña –dijo su padre con voz grave–. No importa que hayas ido a la universidad o tengas un trabajo tan importante... Te queremos y siempre estaremos aquí para lo que necesites. ¿Está claro?

–Sí, papá.

–Bien, pues ahora ven a darme un abrazo. Parece que has tenido una semana terrible.

Celia se levantó del sofá y se arrojó a los brazos de su padre. Lo apretó con todas sus fuerzas y aspiró a fondo su olor familiar.

—Te quiero, papá.

—Yo también te quiero, Cece. No lo olvides nunca. Y ahora háblame más de ese Evan, a ver si tengo que enviar a tus hermanos a que le den una buena tunda.

A Evan lo evitaba todo el personal de la oficina. No podía culparlos, ya que desde que regresó el martes de San Francisco se comportaba como un animal malherido. Habló brevemente con su ayudante, tan sólo para decirle que no se diera prisa en volver al trabajo y se quedara con su nieta todo el tiempo que necesitara.

Por lo demás, reprodujo la última conversación con Celia tantas veces en su cabeza que era como una secuencia de vídeo que no dejaba de repetirse. Y no podía pensar en otra cosa.

La culpa era suya, por haber sido tan insistente con Celia. Ella había dudado desde el principio y él había ignorado todas las señales de advertencia. Nunca tomaba en serio a una mujer que no lo colocara en primer lugar. Y de ninguna manera estaría con una mujer a la que le importara más lo que el mundo pensara de su relación con él que la relación en sí misma.

Llamaron a la puerta y una de las secretarias asomó la cabeza, blandiendo un sobre como un escudo.

—Acaba de llegar esto para usted, señor.

–Dámelo –ordenó él.

Ella le arrojó el sobre sin llegar a la mesa y salió a toda prisa del despacho.

Evan suspiró y miró el sobre. Estaba sellado como urgente y el remitente era una empresa de San Francisco de la que nunca había oído hablar. Lo abrió y comprobó con sorpresa que sólo contenía un periódico doblado. Nada más. Ninguna carta ni nota aclaratoria. Sacó el periódico y lo abrió sobre la mesa, y lo primero que vio fue una foto de Celia. Parecía distinta, más joven, tal vez, y su expresión era de terror. Tenía una mano levantada, como si intentara evitar la cámara.

Frunció el ceño y leyó el artículo. Al llegar al final estaba tan furioso que tuvo que volver a leerlo con más detenimiento.

Efectivamente, la foto mostraba a una Celia más joven, cuando vivía y trabajaba en Nueva York.

Entró a trabajar en una prestigiosa agencia de publicidad al año de acabar la universidad, y realizó un trabajo tan impresionante que la ascendieron por delante de otros compañeros mucho más veteranos que ella.

Pronto se descubrió que mantenía una relación sentimental con el director general y se la acusó de provocar el divorcio entre el director y su esposa. Celia abandonó Nueva York y volvió a San Francisco, donde aceptó un empleo en la incipiente Maddox Communications.

La semana pasada aparecieron unas fotos comprometidas de Celia Taylor con el multimillonario Evan Reese, tan sólo un día después de que Reese hubiera firmado un contrato de publicidad con Maddox Communications...

174

El artículo seguía y seguía, no sólo atacando y difamando a Celia, sino también a Maddox Communications. A Evan se le revolvió el estómago y sintió ganas de vomitar.

Buscó el ejemplar del Advertising Media que tenía en el despacho y comprobó que Celia tenía razón. El anuncio de su compromiso se había hecho público. Por desgracia, perdía toda credibilidad por culpa de aquellas fotos.

Volvió a agarrar el periódico y leyó la noticia de nuevo. Era imposible. Celia no podía haber hecho lo que insinuaba el artículo. Hacía poco que conocía a Celia, pero estaba absolutamente convencido de que si tuvo una relación con su jefe no fue para conseguir un ascenso.

Quería matar a alguien. Preferiblemente al responsable de haber iniciado aquella sucia campaña de infamias. Nadie se metía con su amada y salía impune.

¿Su amada?

Celia le gustaba, sí. Y mucho. Era hermosa, sexy y divertida. A Evan le encantaba su compañía. Pero ¿la amaba?

Se le formó un nudo en el pecho que le impedía respirar. ¿Cómo podía ser tan estúpido? ¿Cómo era posible que a sus treinta y ocho años nunca se hubiera enamorado? Ni siquiera se le había pasado por la cabeza hasta ahora. Y tampoco estaba seguro de que le gustara la idea.

El amor era una emoción muy complicada a la que no se le podían imponer reglas. Y a él le gustaban las reglas. Necesitaba tenerlo todo controlado en su vida. Necesitaba…

La necesitaba a ella. Estaba perdidamente enamorado de Celia.

Por eso estaba allí sentado, tan frustrado y furioso que sus empleados no se atrevían a acercarse a él por miedo a que les cortara la cabeza.

Volvió a mirar el artículo y el nudo del pecho se hizo aún más doloroso. Celia…

Dios, se había comportado como un auténtico idiota. Un niño mimado al que le arrebatan su juguete favorito. Celia sólo había querido que dejaran pasar el tiempo hasta que todo se aclarase, y a él le había parecido que lo estaba echando para siempre de su vida. ¿Se podría ser más estúpido?

Ella lo necesitaba, y él le había negado su apoyo. Peor aún, le había dicho en un tono asquerosamente arrogante que no se molestara en cambiar de opinión y volver arrastrándose a él.

Se estremeció de repugnancia al recordarlo. Si había alguien que tenía que arrastrarse era él. Sobre el fango. O sobre cristales rotos, mejor.

La imagen del rostro de Celia manchado por las lágrimas lo invadió de repente. Podía imaginarse el infierno que había tenido que soportar. Sus colegas habían visto las fotos, igual que todo el mundo en el negocio de la publicidad. Y seguramente habían sacado conclusiones tan erróneas como ofensivas.

Había sido un egoísta desde el principio. Sólo se había preocupado de sus deseos y necesidades, sin pararse a pensar cómo podía afectar aquella relación a Celia. A él no le importaba lo que pensaran los demás, pero era obvio que a ella sí. Y con razón.

Debería haberse quedado con ella y apoyarla en todo. El mundo entero se había vuelto contra Celia. ¿Y dónde estaba él? Lamentándose de las heridas mientras ella se enfrentaba sola al mundo.

Se acabó.

Tenía una mujer a la que reconquistar.

Capítulo Diecinueve

Con una taza de chocolate caliente en la mano, Celia contemplaba el océano desde el jardín trasero de la casa de su padre. De siempre le había encantado aquella vista. La casa estaba situada en un acantilado, aunque a bastante distancia del borde.

De niña, después de leer algo sobre los corrimientos de tierra, se convenció de que la casa caería al mar con todos dentro. Sus hermanos, para asustarla, le decían que era más probable que la destruyera un terremoto.

La paz que allí se respiraba era tan deliciosa que Celia se preguntó, y no era la primera vez, por qué había estado tan impaciente por marcharse. Su familia podía ser muy agobiante a veces, pero la querían y harían cualquier cosa por ella. No podía renunciar a algo así. Era el tesoro más preciado que tenía en la vida.

No, no volvería a marcharse. Se acabó el salir a explorar mundo. Su mundo estaba allí. En casa. Donde estaba su familia.

Se abrieron las puertas correderas de cristal y salió Noah. Celia se giró para saludarlo, pero cerró la boca al ver su expresión.

Él suspiró y le enseñó un periódico mientras se agachaba a su lado.

—No quería que vieras esto, pero yo también querría saber si se dijera algo sobre mí.

Un mal presagio la invadió al ver el periódico. Se lo arrebató de la mano a Noah y la aprensión fue rápidamente desplazada por la indignación.

El artículo contaba todo lo que había ocurrido en Nueva York. Escrito a guisa de noticia empresarial, anunciando el acuerdo alcanzado entre Reese Enterprises y Maddox Communications, relataba la historia personal de Celia hasta el presente e insinuaba que había una relación íntima entre Evan y ella.

No dejaba lugar a la imaginación. Todo lo que Celia había intentado superar estaba detallado para satisfacer la morbosa curiosidad de la población de San Francisco.

Debería estar furiosa. Pero, extrañamente, lo único que sentía era resignación. Levantó la mirada hacia los preocupados ojos de su hermano y una certeza la sacudió con fuerza.

Siempre habría algo. Evan tenía razón al enfadarse con ella por importarle más la opinión de los demás que lo que él pensaba de ella.

Mientras sus seres queridos supieran la verdad, no debería importarle lo que pudiera pensar cualquier desconocido. Brock creía en ella. Contaba con el respaldo de la empresa. Su familia la quería incondicionalmente. A Evan le daba igual quién supiera que estaban juntos. ¿Por qué a ella tenía que importarle tanto?

Por primera vez en mucho tiempo, pensó en su vida con una profunda sensación de gratitud. Durante muchos años se había dejado modelar por fuerzas externas, como su deseo por liberarse de su sobreprotectora familia y su necesidad de escapar del escándalo de Nueva York y demostrar su valía a todo el mundo.

Pero la única persona a la que había demostrado algo era ella misma. Todos los demás siempre habían sabido la clase de persona que era.

–Oh, Noah… –susurró–. He sido una completa estúpida.

Él ladeó la cabeza, sin comprender, y ella le echó los brazos al cuello y le dio un beso en la mejilla.

–Gracias.

–¿Por qué? –preguntó él, más desconcertado aún.

–Por abrirme los ojos y hacerme ver lo que siempre he tenido delante.

Noah sonrió.

–Bueno, vale… Hazme un favor y recuérdales a Adam y Dalton que te he abierto los ojos la próxima vez que se metan conmigo. Signifique lo que signifique eso.

Ella también sonrió.

–Lo que significa es que ha dejado de importarme lo que los demás piensen de mí. Las únicas personas que me importan en este mundo ya piensan lo mejor de mí. ¿Qué más necesito?

–No dejes que nadie pueda contigo, Cece. Tienes razón. Te queremos pase lo que pase y digan lo que digan. Además, sé muy bien que la niña a la que ayudé a criar no se ha convertido en una mujer manipuladora y sin escrúpulos, capaz de cualquier cosa por ascender en su carrera.

Ella volvió a abrazarlo.

—Gracias, Noah. No sabes lo mucho que significa para mí.

—¿Y qué pasa con Evan?

—Me dijo que no me molestara en buscarlo si cambiaba de opinión. Cometí un error, pero no es el fin del mundo. Todos cometemos errores y estoy segura de que él también. Estaba furioso y sé que no dijo en serio muchas de las cosas que dijo. Por eso voy a ir a verlo y a conseguir que me escuche. Voy a decirle que lo quiero, y espero que no salga huyendo al oírlo.

Noah le acarició la mejilla con ternura.

—Si sale huyendo, es un imbécil que no te merece. No olvides eso, ¿de acuerdo?

Celia se miró la ropa y se estremeció al pensar el aspecto que debía de tener su pelo, después de pasarse tres días sin levantar cabeza.

—Voy a ducharme y a arreglarme. Tengo que estar lo más presentable posible para pedir disculpas en persona.

Noah la besó en la frente.

—Buena suerte.

Celia corrió hacia el interior de la casa. No quería perder ni un minuto más sin decirle a Evan que lo sentía y que lo amaba más que nada en el mundo.

Se pasó un largo rato en la ducha, principalmente porque tenía que pensar en la mejor manera de decirle a Evan lo que quería decirle. Además quería tener su mejor aspecto.

Se puso un albornoz y una toalla en el pelo y fue a la cocina antes de vestirse. Necesitaba comer algo y decirle a su padre que se marcharía al cabo de una hora.

Pero al entrar en el salón, levantó la mirada y se detuvo en seco. Allí, sentado en el sofá de su padre, estaba Evan. Ni a su padre ni sus hermanos se los veía por ninguna parte.

–Oh, no… –gimió–. No, no, no –no era así como pensaba enfrentarse a él.

Se dio la vuelta rápidamente con intención de encerrarse en su habitación, pero él la agarró del brazo antes de que pudiera dar tres pasos.

–No, Celia. No te vayas, por favor.

Ella volvió a gemir con frustración.

–Maldita sea, Evan. Lo has estropeado todo… Quería estar bonita cuando fuera a pedirte disculpas. Pero me has pillado en albornoz, con el pelo mojado y sin una gota de maquillaje.

Entonces se percató de lo extraño de la situación. ¿Qué estaba haciendo Evan allí, en casa de su padre? ¿Cómo había sabido dónde encontrarla?

Él se echó a reír y tiró de ella.

–Me da igual el aspecto que tengas. Tengo que hablar contigo… y, personalmente, no creo que pudieras ofrecerme un aspecto mejor que éste.

Ella lo miró con ojos entornados.

–¿Qué haces aquí, Evan? ¿Cómo sabías dónde encontrarme? Estaba a punto de ir yo a buscarte.

–En ese caso, es bueno que nos hayamos encontrado el uno al otro –repuso él, y tiró de ella hacia el salón–. Siéntate conmigo, Celia. Por favor. Son muchas cosas las que quiero decirte.

–Yo también –murmuró ella.

Dejó que la sentara a su lado en el sofá, aunque se sentía horriblemente insegura con una toalla mojada en la cabeza y completamente desnuda bajo el albornoz.

Pero en cuanto lo miró a los ojos se olvidó de todos esos detalles sin importancia. Lo único que sabía con toda certeza era que amaba a aquel hombre y que haría cualquier cosa por arreglar la situación entre ellos.

–Lo siento –dijo en voz baja y temblorosa, pero él le puso un dedo en los labios.

–Calla. No quiero oírte decir eso. Soy yo quien lo siente. Fui un imbécil y te dije cosas despreciables.

Celia lo miró con ojos desorbitados y volvió a sentir ganas de llorar, como si no hubiera derramado bastantes lágrimas en los últimos días.

–Lo primero, quiero hablarte de esto –dijo él, sacando un recorte de periódico del bolsillo.

Celia se estremeció de pánico al ver el temido artículo.

–No pongas esa cara –la tranquilizó él–. No me creo ni una palabra de lo que dice, pero es evidente que se trata de una parte importante de tu pasado. Algo que te hizo daño y que afectó a nuestra relación. Quiero que me cuentes lo que ocurrió realmente.

A Celia seguían temblándole los labios y se retorcía las manos en el regazo.

–Salí de la universidad dispuesta a comerme el mundo, y por eso me fui a Nueva York, la ciudad de las oportunidades. Quería estar lejos de casa y de

183

mi familia… En aquel tiempo me pareció lo más importante, estúpida de mí.

—Creo que todos hemos tenido esa acuciante necesidad de alejarnos de la familia —dijo Evan.

Ella se encogió de hombros y siguió hablando.

—De modo que allí estaba. Entré a trabajar en una agencia de publicidad y me deje la piel para ascender lo más rápidamente posible. Sabía que era buena en lo que hacía, de modo que no me sorprendí cuando me ofrecieron un puesto codiciado por compañeros con mucha más experiencia que yo. Todos se lo tomaron muy mal, pero yo sabía que me lo merecía.

Guardó un breve silencio antes de continuar.

—Hasta que un día mi jefe me llamó a su despacho para felicitarme y me dijo lo que esperaba a cambio del favor que me había hecho.

—Maldito hijo de perra —masculló Evan.

—Me quedé horrorizada y sin saber qué hacer. Lo único que se me ocurrió fue rechazarlo, creyendo como una ingenua que el asunto acabaría ahí.

Evan frunció el ceño y le agarró la mano.

—Me volqué por entero en el trabajo, convencida de que mi jefe apreciaría mi talento profesional si conseguía más clientes. Una noche me quedé a trabajar hasta tarde en la oficina y él vino a mi despacho a verme —tragó saliva al recordar la sensación de impotencia—. Esa vez, ni siquiera aceptó un no por respuesta. Se lanzó con fuerza sobre mí y seguramente me habría violado si su esposa no hubiera aparecido. Creo que ella sabía lo que estaba pasando, pero no pareció importarle. Al fin tenía una excusa para acabar con su matrimonio y hacerle pagar a su marido todo lo que había hecho. Pero yo quedé como «la otra mujer», sin poder defenderme de las acusaciones que me lanzaban de todas partes. De repente me había convertido en una fulana que se valía de su cuerpo para llegar a la cima y que luego no dudaba en destrozar el matrimonio de su jefe. No me quedó más remedio que dimitir y volver a casa. Brock me dio una oportunidad en Maddox Communications y el resto, como se suele decir, es historia.

Evan cerró los ojos y dejó escapar un gruñido.

—He sido muy injusto contigo, Celia. Muchas veces intentaste decirme cómo afectaba nuestra relación a tu trabajo, pero yo me negaba a escuchar. He sido un egoísta y un egocéntrico, empeñado en ser lo más importante para ti… pero ni siquiera estuve a tu lado para defenderte de todo esto —señaló el periódico—. Tendría que haberle gritado al mundo que tú eras mi mujer y que estaba tremendamente orgulloso de nuestra relación. Pero lo que hice fue reaccionar como un estúpido crío cuando las cosas no salieron a mi manera.

La agarró de las manos y se llevó una de ellas a la boca para besarla en cada dedo.

—Lo siento mucho, Celia, y espero que me permitas compensártelo. Ojalá me hubieras dicho antes todo esto. Quizá me habría ayudado a entenderte mejor, aunque, por otro lado, no te di ningún motivo para que confiaras en mí. Pero te prometo que eso va a cambiar. Quiero que formes parte de mi vida, y haré lo que haga falta para conseguirlo.

Celia lo miró absolutamente desconcertada.

—¿Qué estás diciendo?

–Estoy diciendo que te quiero. Que lo siento. Que me des otra oportunidad y que soy yo quien se arrastra a tus pies para suplicarte que me perdones. Nunca más volverá a faltarte mi apoyo, Celia. Siempre me tendrás a tu lado para todo. Y seré yo personalmente quien aplaste al que se atreva a susurrar una sola palabra en tu contra.

A Celia se le secó la garganta y todo pareció dar vueltas a su alrededor.

–Pero yo… yo también iba a pedirte disculpas –dijo–. Estaba equivocada, Evan. Le daba demasiada importancia a lo que pensaran los demás. Pero he descubierto que no me importa lo que el mundo pueda pensar de mí, siempre que tenga el apoyo de mis seres queridos. Soy yo quien debería arrastrarse. Me he portado fatal contigo.

–No, no, mi amor –replicó él, abrazándola con fuerza–. Nunca te arrastres ante nadie. Nunca. Olvida lo que dije, por favor. Hiciste lo que debías hacer. Tu vida se estaba desmoronando y yo ni siquiera intenté entenderlo. Te quiero, Celia. Perdóname, por favor.

–Oh, Evan… Yo también te quiero. Y por supuesto que te perdono… si tú también me perdonas a mí.

El rostro de Evan se iluminó como el de un niño.

–¿Me quieres? ¿De verdad?

Ella sonrió y le echó los brazos al cuello para besarlo con toda su alma.

–¿Cómo me has encontrado? –quiso saber cuando se apartaron para respirar.

Evan se puso serio.

—Fui a tu oficina y amenacé con destrozarlo todo si nadie me decía dónde estabas. Antes había probado en tu apartamento, con tu móvil e incluso con el agente de Noah, porque tampoco pude encontrar a Noah.

Celia se rió.

—¿En serio amenazaste con destrozar la oficina?

—Bueno, puede que no llegara a tanto. Pero sí amenacé con rescindir mi contrato si no obtenía respuestas. Y surtió efecto, porque todo la plantilla de Maddox Communications al completo se puso a investigar tu paradero. Alguien encontró el número del trabajo de Adam y él nos dijo que estabas aquí.

Celia sacudió la cabeza, pero no podía dejar de sonreír.

—¿De verdad me quieres? —insistió él—. ¿Lo bastante para aguantar mis defectos de cavernícola? ¿Lo bastante para... casarte conmigo?

Ella ahogó un gemido al tiempo que los ojos se le llenaban de lágrimas.

—Creo que podré aguantarte —respondió con ironía—. Si a ti no te importa que no sepa cocinar. Me temo que nunca te estaré esperando en la puerta con un delantal... y la idea de tener hijos me llena de pánico.

Evan sonrió.

—Creo que podré soportarlo. ¿Te casarás conmigo, entonces? ¿Acabarás con mi sufrimiento?

—¿No te importará que conserve mi trabajo? Me ha costado mucho llegar a donde estoy, y no puedo abandonar ahora.

—Claro que no puedes abandonar —corroboró él,

acariciándole la mejilla–. Eres la encargada de mi campaña. Sin ti, mi empresa quebraría en menos de un año. Además, estoy orgulloso de todo lo que has conseguido y de que quieras conservar tu libertad para siempre.

–Te quiero, Evan –declaró ella con vehemencia–. Sí, me casaré contigo.

Él agachó la cabeza para besarla de nuevo.

–Yo también te quiero –susurró, antes de sacarse del bolsillo el mismo anillo que ya le entregó una vez. Le agarró la mano y se lo deslizó en el dedo–. Lo he tenido en el bolsillo desde que me lo devolviste. Prométeme que nunca más volverás a quitártelo.

Celia contempló el diamante entre lágrimas, y entonces miró al hombre cuyos ojos brillaban de amor.

–Nunca más. Esta vez nuestro compromiso es de verdad.

Noches en el desierto

SUSAN STEPHENS

Aunque Casey Michaels creía que había ido muy bien preparada para su nuevo trabajo en el desierto, se sintió totalmente fuera de lugar ante el poderoso atractivo de su maravilloso jefe.

El jeque Rafik al Rafar reconoció la inexperiencia de Casey nada más verla, y bajo el sensual calor del desierto se encargó de su iniciación sexual. Para su sorpresa, Casey le enseñó a su vez el significado de los placeres sencillos de la vida; sin embargo, su sentido del deber como rey lo reclamaba…

¿Sería capaz de amarla fuera de las horas de trabajo?

Acepte 2 de nuestras mejores novelas de amor GRATIS

¡Y reciba un regalo sorpresa!

Oferta especial de tiempo limitado

Rellene el cupón y envíelo a

Harlequin Reader Service®
3010 Walden Ave.
P.O. Box 1867
Buffalo, N.Y. 14240-1867

¡Sí! Por favor, envíenme 2 novelas de amor de Harlequin (1 Bianca® y 1 Deseo®) gratis, más el regalo sorpresa. Luego remítanme 4 novelas nuevas todos los meses, las cuales recibiré mucho antes de que aparezcan en librerías, y factúrenme al bajo precio de $3,24 cada una, más $0,25 por envío e impuesto de ventas, si corresponde*. Este es el precio total, y es un ahorro de casi el 20% sobre el precio de portada. !Una oferta excelente! Entiendo que el hecho de aceptar estos libros y el regalo no me obliga en forma alguna a la compra de libros adicionales. Y también que puedo devolver cualquier envío y cancelar en cualquier momento. Aún si decido no comprar ningún otro libro de Harlequin, los 2 libros gratis y el regalo sorpresa son míos para siempre.

416 LBN DU7N

Nombre y apellido	(Por favor, letra de molde)

Dirección	Apartamento No.

Ciudad	Estado	Zona postal

Esta oferta se limita a un pedido por hogar y no está disponible para los subscriptores actuales de Deseo® y Bianca®.
*Los términos y precios quedan sujetos a cambios sin aviso previo.
Impuestos de ventas aplican en N.Y.

Exclusiva: El soltero más codiciado de Sidney se casa…

El multimillonario Jordan Powell solía aparecer en la prensa del corazón de Sidney y, en esa ocasión, lo hizo con una mujer nueva del brazo.

Acostumbrado a que todas se rindieran a sus pies, seducir a Ivy Thornton, más acostumbrada a ir en vaqueros que a vestir ropa de diseño, fue todo un reto.

El premio: el placer de la carne.

Pero Ivy no estaba dispuesta a ser una más de su lista.

Esposa en público

Emma Darcy

El vecino nuevo

MAUREEN CHILD

El multimillonario Tanner King quería
terminar con el negocio de árboles de
Navidad de su vecino, que le molestaba mucho. King tenía el dinero y el
poder suficientes como para conseguir que le cerraran el negocio, así
que a Ivy Holloway, la propietaria de
la plantación, no le quedaba otra opción que ablandarle.

Tanner no podía vivir tranquilo por
culpa del negocio de su vecino y, además, no conseguía deshacerse de la
guapa asistenta que le había mandado
su abogado. No era capaz de dejar de
pensar en ella ni evitar besarla. El problema era que la dueña de la plantación y su asistenta… eran la misma persona.

¿Sería capaz aquel multimillonario
de amar a su enemiga?